さよならは小さい声で

松浦弥太郎

PHP文庫

はじめに

十八歳の時、はじめてラブレターを書いた。

名前も年齢もわからない、一目惚れした女性に宛てたものだった。

当時僕は、アメリカ西海岸をあてもなく旅をした末、サンフランシスコの安ホテルで暮らしていた。

部屋は一泊十六ドルと格安な上、毎朝、朝食が用意された。

朝食といっても、紙箱に無造作に詰められたドーナツが、朝八時にロビーに置かれるだけである。その日によって種類が異なるドーナツは、ホテルのオーナーが経営するドーナツ屋の、前日の残り物であることが、少し後になってわかった。セルフサービスのコーヒーはロビーで二十四時間飲めた。そんな朝食でも、僕にとっては格別の楽しみだった。朝食の時間になると、同じ屋根の下で暮らす住人たちと顔を合わせられるからだ。ホテルには、旅行者というよりも、住居として月単位で部屋を借りている人たちが多かった。

毎朝、朝食が届く前に、僕はいちばん早くロビーに降りて彼らを待った。アメリカ人の老人が二人。メキシコ人の四十代カップルが一組。中国人の若い男が二人。シンガポール人の女の子が一人。アムステルダムからやってきた女性の二人組。シアトルからやってきたバックパッカーの女性などなど。そして僕。総勢二十人くらいが毎朝、簡素な朝食のためにロビーに集まった。

朝のロビーはとてもにぎやかだった。朝刊、座る場所、コーヒー、ドーナツ、ジュークボックスの選曲など、すべてが早い者勝ちで取り合いになった。お行儀よくのんびりとしていたら、座る場所も、自分の分のドーナツも、あっという間になくなった。そんなドタバタな毎朝だった。

大抵あと数分でなにもかもがなくなるという、ぎりぎりの時間に、ロビーに駆け込んでくるのは、いつもバックパッカーの女性だった。そしてドーナツを片手に持って必ず一人ひとりに「おはよう」と声をかけた。返事をしない人や、彼女のことなど気にもかけずに朝刊を夢中になって読んでいる人にも「おはよう」と声をかけた。だから当然、英語の話せない僕にも「おはよう」と声をかけてくれた。それがとてもうれしかった。僕も彼女に「おはよう」と返事をした。彼女の朝の笑顔はすてきだった。清らかでつつましやかな愛嬌があり、それでいて、どこか凜とした品位が漂う人だった。僕は彼女に一目惚れした。

僕は彼女に自分の想いを伝えたくて、生まれてはじめてラブレターを書いた。しかもつたない英語でだ。ラブレターを書くのに二日かかった。英語の辞書すら持っていなかった僕は、恋心を伝えるために、本屋でラブソングの歌詞を立ち読みし、そこで覚えた単語やフレーズを役立てた。好きになった人のことを丸二日間、思い続けて手紙という文章を書いた。その時、自分をよく見せようとか、上手に書こうと思って頭を使って書いた文章はどうしても自分らしくないように感じ、書いた手紙を何度も手の中で丸めては捨てた。そしてわかったのが、下手でもよいので、心を使って素直に書こうと思って書いた文章のほうが、自分らしくなるということだった。

事の顚末を明かすと、僕はあっさりふられてしまったのだが、「こんなにすてきな手紙をもらったのははじめて。あなたの気持ちがとてもうれしい。この手紙はずっと大切にするわ」と次の日の朝、言ってくれた彼女の言葉が忘れられない。その数日後、彼女は朝食の時間前にホテルから旅立っていた。

今こうして文章を書いていたり、仕事のために原稿を書いていて、ふと手を止めてぼんやりすると、いつもその時のことを思い出す。頭を使うのではなく、心を使って、生まれてはじめて書いたラブレターのことである。今思うとそれは、自分にとって文章というものを書くことの原体験だったように思う。

あなた一人を、誰か一人を、想って書くこと。書くものすべてが、あなた一人に、誰か一人に宛てたラブレターでありたい。僕は、ずっとそういう気持ちで、今日も机に向かって文章を書き続けている。

この本に収録したエッセイのどれかひとつが、あなたに贈るラブレターになることができたら僕はうれしい。ほんとうに。

松浦弥太郎

目次

2章 心のどこかの風景

心にしまってある恋の思い出

1章
すてきなあのひと

美しいふるまいや暮らし、
仕事のあり方

「すてき」なあのひと

知人に画家の女性がいる。

彼女は僕よりひとまわり上である。世間一般で言うと、おばさんと呼ばれてもおかしくない年齢だ。しかし、彼女をおばさんと呼ぶ人はいない。かといって、若作りをしているわけではない。一言で言い表すと「すてき」なのである。

ある日、僕は彼女に訊いてみた。「いつも元気ですてきですよね。心がけていることってなにかあるのですか?」と。ちょうどその頃、女性誌の表紙に「老いた顔を若返らせる対策」を謳ったものがあったからだ。

彼女はこう答えてくれた。

「わたしだって五十過ぎのおばさんよ。それはいくら避けようとしても避けられないこと。だからその事実を受け入れることが大事よね」

そう言って、彼女は自分の指を見た。

「たとえば、顔は化粧で隠せるけれど、手や指の老いは隠しようがないわ。そんな自分を認めてあげるってこと」

なるほど。老いというものは、どうしたって止めることはできないし、隠すこともできない。それならば、まずは老いていく自分を受け入れるということだと言う。


「いくら避けようとしても、決して避けられないことがあるのよ」

要するに、老いていく自分を受け入れて、耐えるしかないのである。耐えられない人は、若作りしたり、化粧で隠したり、サプリメントに頼ったり、様々な無理をする。それがかえって老いを目立たせることになってしまう。

「避けられないことってたくさんあるでしょ。でも、人間って不思議なもので、避けられないことについては耐えられるようになっているものよ。だから逃げる必要はないの。逃げれば逃げるほどに追いかけてくるってこともほんとうよ」

彼女はそう言って無邪気に笑った。

老いを止めることができないのは誰もがわかることであるけれど、それは肉体の老いのことであって、精神はまったく別である。肉体は老いても、年齢を重ねるごとに、精神を若返らせることは誰にでもできるのではないだろうか？

精神すなわち、心というものは、永遠の若さを保てるのではなかろうか。


歳を取るほど若々しくなっていく人はたくさんいる。そういった人は、いろいろな経験をし、たくさんのことを学び、「自分らしさ」という自由を手に入れている。子どものように無邪気になり、新しいことをもっともっと学びたいという好奇心に満ちている。

生きていくとは、学び続けていくことだと僕は思う。そして、学ぶためにどうしても必要なことは、素直な心である。そう考えると、素直さこそが若さの秘訣なのではなかろうか。

肉体は老いていても、心が若ければ、目は澄んで、きらきらしている。目の輝きは老いを測るバロメーターでもある。若くても目がどんよりとして曇ったガラスのような人は、心が早くも老いてしまっている。そんな人はなんでも疑ってかかり、人の意見も聞かず、あらゆることを他人のせいにし、自分と向き合おうともしない。自分がなんでも知っているつもりになっている。こんなふうに老いてしまった心はかちかちに固くもなっている。知らない間に心が老いてしまっている人も少なくない。

もうひとつ心の若さの測り方がある。それはその人の持っている夢を訊いてみることである。「あなたの夢はなんですか?」。そう訊いてみて、目を輝かせて、自分の夢を話すことができるかどうかである。まずは自問してみるといいかもしれない。「夢を持っていますか?」と。

また、老いた自分を受け入れるために毎日鏡で自分の顔と姿をよく見ることも大切。白髪はあるし、しわもある。しみもある。かさかさな肌。体形だってスマートではない。全体的にたるんでいる。しかし、それが今の自分である。僕は目をそらさずによく見る。誰が見ても四十代である。そして、目の輝きはどうだろうか? きらきらしているだろうか? 素直さが目に表れているだろうか? 元気だろうか? と。目を見ることは、自分の心を見ることでもある。

老いていくということは、自分らしさに近づくことでありたい。自分らしさを手に入れられたら、心はもっと若返る。画家の知人を見て、僕は心底そう思った。それからというもの、彼女に会うと、僕はいつもそんなことを思う。そうやって人によい刺激を与えるのも、心の若さのちからであろう。

彼女に「……夢ってありますか？」と訊いてみた。すると「たくさんあり過ぎてどれから話したらいいかわからないくらいよ！」と元気な答えが返ってきた。「わたしの夢は……」と彼女は話し始めた。夢の話をする彼女は、話せば話すほどに少女のように目を輝かせた。

老いる恐怖は誰もが抱えている心理であるけれど、それはあくまでも肉体の老いである。心まで老いていくわけではない。肉体の老いは避けることができないもの。それならば目をそらさずにしっかりと受け入れる。そうすれば心がすっと楽になる。かわりに心の若さを保てばいい。素直な心でたくさんのことを学ぶこと。どんなことでも情熱的になればいい。好きなだけ夢中になればいい。

画家の知人は、大きな病気を二回、離婚を二回経験している。仕事の都合で日本と外国を行ったり来たりと忙しい。苦労をしているかもしれないが、それでも心は人一倍若いのである。「すてき」なのである。

彼女は僕の背中をポンと叩いて、「歳を取るのはいいことよ」と言った。

なんでもない生活の美しさ

今年に入ってからランニングをはじめた。コースは家から三キロほど離れた公園まで走り、公園でストレッチをしてから、帰りは同じ道順をウォーキングで家に戻る。およそ一時間の毎朝の習慣になっている。

朝の清々しい空気の中を走るのはほんとうに心地がよい。そして汗をかいた後、ゆっくりウォーキングするのも楽しみのひとつだ。住宅街の家々の庭に育つ草花を観察したり、歩きながらその時の自分の心の中と向き合ってみたり、悩みや考えごとについて思いを巡らせてみたりと、たった数十分歩くだけなのに、頭の中でこんがらがった糸が、するするとほどけていくような爽快な気分を得ることができる。朝食もおいしくいただけるのでよいことずくめだ。

ウォーキングの途中で必ず顔を合わせる人がいる。その人は八十歳くらいの白髪がきれいな婦人で、毎朝同じ時間に小さなマルチーズを連れて散歩している。なにがきっかけであったか忘れたが、毎朝顔を合わせるからか、いつしか婦人から「おはようございます」と声をかけられるようになり、僕も「おはようございます」とあいさつをするようになった。いつも上品な装いで、やわらかい笑顔がすてきな方で、マルチーズはタロウさんという名である。

通勤で使っている駅の前に、よく行くパン屋があり、そこはカフェスペースもあるから、仕事が早く終わった時などは、そこでコーヒーを飲んで帰ることが多い。ある日、いつものようにコーヒーを飲んでいると、毎朝会う白髪の婦人が少し離れた席に座っていることに気づいた。婦人も僕に気がついたようで、にっこり笑って会釈をしてきた。僕も会釈を返した。ぼんやりしながらコーヒーを飲んでいると、婦人が隣の席に移ってきて、「こちらに座ってよろしいでしょうか?」と訊いた。「もちろんです。どうぞ」と答えると、「今日は二回お会いしましたね」と言った。「はい」と答えて「タロウさんは?」と訊くと、「おうちでお留守番」と微笑んだ。

婦人は、かばんから一冊の本を出して、テーブルの上に静かに置いた。「わたし、ここで本を読むのが大好きなの。たくさんの人がいるでしょ。たくさんの人がいるとなんだか安心して落ち着くのよね。あなた本は好き?」「はい、本は好きですよ。僕もこういうお店で本を読むのは好きです。ひとり静かに家で読むよりも、人のいるところで読むほうが気楽でいいんです」

そんなふうに言うと、「そうよね。わたしは家で本を読んでいると、ちょっとさみしくなってしまうの」。婦人はテーブルに置いた本を手にとって、それをさするようにしてから胸に抱いた。「なにをお読みなのですか?」と訊くと、

「これ、あなた読んだことがあるかしら?」と言って、婦人は持っていた本を僕に見せてくれた。

本は『大草原の小さな家』だった。

「若い頃からずっと読んでるのよ。大好きなのよ、この本が」。本はかなり昔の版の文庫本で、そのきれいな状態から、大切に読まれているのがわかった。『大草原の小さな家』は僕も少しだけ読んだことはあるが、それは確か小学校の頃だったように思う。婦人の本を見ていたら、とても懐かしい気持ちになり、一冊の本が長い間、ひとりの人に愛されていることをうれしく思った。

「わたしね、この物語みたいに、なんにも起こらない普通の生活というのかしら、そんな生活の中にある小さなしあわせとか、ささやかな喜びとか、なんてことない楽しさとか、そういうのがほんとうに好きなの。今はほら、なにかが起きないと面白くない世の中で、本の物語も怖いことばかりでしょ。だから、『大草原の小さな家』を読んで、ああ、なんでもない静かな生活って美しいわ、って思うのよ。だって、山に出かけたお父さんが狼に襲われそうになって、襲われずに無事に帰ってきた時に、家族みんなでわんわん泣いて喜ぶなんて、しあわせな物語よ。なんてすてきなんでしょうと思うのよ」

婦人は自分の大好きな本について、まるで大好きな人を僕に紹介するようにして話した。

「ごめんなさいね、いつも朝お会いするからといって、気安く話しかけちゃって」。婦人はもう一度、本を手にして、胸に抱いてから頭を下げた。そして「あら、こんな時間、タロウさんに怒られるわ……。それでは、またね。さようなら」と帰っていった。その時の婦人の後ろ姿は、まるで少女のようにかわいらしかった。

この日僕ははじめて婦人と会話した。婦人は、タロウさんという名のマルチーズと、ほんとうに仲よく暮らしているんだろうなと思った。そして、ときおり大好きな『大草原の小さな家』を持って外に出かけて、たくさんの人がいる場所で、静かに読書を楽しんでいるのだと思った。そんななにげない婦人の生活の中に、心の豊かさや、美しさが垣間見えた。羨ましいとさえ思った。そして、婦人はなにか小さな贈り物のようなものを僕に渡してくれたように思った。

そんな婦人に出会えたことで、明日もまた明後日も、朝のランニングが自分にとって、さらに喜ばしいことになった。今僕は『大草原の小さな家』をもう一度読んでいる。

Hilo Sunrise Bis
e Cream
• Coffee &
• Thai Ice

手を愛する

ふとなにげなしに女性の手を見ると、どきどきすることがある。それはなんだか、その女性の日常というか、見てはいけないプライベートな部分を見てしまったようで戸惑ってしまうからだ。そして手によっては、その女性を人として好きになってしまう。さらに言うと、ふと見てしまう手のほとんどが、不思議なことにすてきな手をしている。美しいからこそ人の視線を引くのだろう。

僕は手が美しい人が好きだ。美しい手というのは働きものの手である。白魚のような指に飾りつけた爪を持つ手は、ひとつも美しいとは思えないし好きになれない。

手は正直だから、手を見れば、それまでどんな仕事と暮らし方をしてきたかがよくわかる。少なくとも、その人が信用できるか、信用できないかは、ちらっと見た手の印象でわかる気がする。そのくらいに手には目に見えないなにかが表れるものなのだろう。

働きものの手は、肌が荒れているかもしれない。関節がごつごつしているかもしれない。爪が傷ついているかもしれない。しみもあるかもしれない。しかし、そんな手で、日々一生懸命働いている人は、自分の手を愛していて、心を込めた手入れを怠らない。疲れているだろうから、マッサージをして、ハンドクリームを塗って、よく動くようにあたためる。そして、なにより自分の手が大好きである。一日の終わりには手にありがとうと感謝する。

僕の友人の女性で、一日十時間以上、キッチンで働いている人がいる。その人の手はいつも荒れていて、やけどや切り傷だらけ。短く整えられた爪も水仕事のせいか輝きはない。しかし、そんな働きものの手が大好きな彼女は、一日

に何度も手入れをし、感謝して慈しむ。休みの日は目一杯の安息を与える。僕は彼女に会うと、いつもふとその手を見てしまう。そして、ああ、ほんとうにすてきな手だなあ、と思い、彼女の仕事と暮らし方を美しく感じている。

手の使い方で最近気になることに、パソコンのキーボードの打ち方がある。上手にブラインドタッチで打てるせいか、ものすごいスピードで、それも叩くようにして打つ人がいる。あれは隣で静かに仕事をしている人からすれば、うるさくて迷惑千万であろう。キーボードの気持ちになれというのは無理な話であるが、そんな気さえ抱いてしまう。もっとやさしく静かに打てないものなのかと思う。タイピングの音を聞いていると、昨日、なにか嫌なことがあったのかと心配にさえなってしまう。急がなくてもいいし、そんなに強く叩いたらキーボードがこわれてしまうよと言いたい。

そして、駅の改札で使うＩＣカードを読み取り部分に叩きつける人もいる。

これもまた手の使い方として一言二言ある。相手が機械なら乱暴でよいかと思ったら大間違いである。仕事にも暮らしにも、自分が関わるものへの思いやりの最低限の所作があるだろうに……。結果、そういう思いやりのなさが、自分の手の使い方に表れてしまうのである。

僕は「胸に手をあてて聞いてみる」という言葉が大好きで、毎日寝る前にそうしている。なんとなく他人や周りをごまかすことはできても、自分で自分には嘘をつけない。どんなことも手がいちばんよく知っている。胸に手をあててなにを思うのか、なにを感じるのか。さらに手と手を合わせてみると、それがもっとわかるだろう。

「目は口ほどにものを言う」という言葉があるが、「手は口ほどにものを言う」とも思う。まずは自分の手を、家族や友だちのように愛することからはじめたい。

THE
COUNTRY KITCHEN

自分の短所と付き合う

「たぶん、皆さん、松浦さんは、お坊さんのような非の打ちどころのない生活をしていると思っているかもしれないけれど、わたしは、えー、ほんとかなー？と思っていますよ」と、先日、知人とおしゃべりしていた時に言われた。

「うん、自分の本で書いているようなことすべてができているかというと、それは無理なことです。それらを自分の生活において、心がけたり、大切にしたいと思っているけれど、なかなかむつかしいのも事実です。もちろんできているところと、できていないところがあります」と答えると、「そのできていないところをわたしはぜひ知りたいわ」とも言われ、たじたじになった。

「もし、僕の生活の仕方や、心がけで正しいと思われる部分があるとしたら、きっとそれと同じくらいだめなところがあるんだと思う。皆さんにほめられるようなことが人一倍あったとしたら、叱られそうなことも人一倍あるはずです。ただ、できていないだめな部分を、他人に見せていないだけのことなんです。まあ、あえて見せる必要もありませんが」と言うと、「そうね、なにごともバランスがあるから、よい面があれば、反面、そうでない面もある。そうであってこそ健全な人間だから」と知人はうなずいた。

一般的に人は自分の持っているよい面で他人とコミュニケーションを持ち、だめなところは隠している。しかし、なにごとも隠しきれるはずはなく、だめなところの尻尾《しっぽ》がちょろちょろと見えるけれども、それは大抵、愛嬌とか、かわいらしさとして受け取られることが多く、あまり表沙汰にはならない。それでいいのである。

しかし、そのだめなところを自分でわかっているか、わかっていないかは大きな問題であり、もちろん、わかっていたほうがよいに決まっている。わかっていないということは、はっきり言って人生において経験不足ということである。誰かにこっぴどく叱られたり、大失敗をして、その責任を負わされたり、怪我をしたり、大損をしたり、そういう痛い目にあった経験によって、自分のだめなところを認めざるを得なくなり、反省し、二度と起こさないようにと肝に銘じるのである。

しかし、大抵は二度三度と失敗を繰り返し、なかなかそのだめなところを直すことはできない。けれども、そうやって自分のだめなところがなんなのかを、釘を刺すように自覚することができれば、人間として自分の成長に大いに役立つだろう。

人間の価値は、長所よりも短所にあると思っている。短所の渦巻き方と、その渦にどんなふうに自分が巻かれているかが、その人間の面白さであり、生命力というエネルギーの源であろう。なにがどうであろうと渦の中で上手に泳いでいればいい。いわば、短所＝コンプレックスと自分の、上手な付き合い方ということである。大きいコンプレックスを持つ人ほど成功すると言われるのは決して間違いではないのである。それだけ渦の中の泳ぎ方も上手ということだから。それをバネにして、その分、自分の長所を増やして、またその長所を生かしていけるのである。

「ねえ、だめなところは誰に見せているの？」と知人は訊いた。

「普段、仕事をしていたり、人と会っている時はだめではない自分を保っているから、あるとしたら家に帰ってからですね。よく考えてみたら、オフの自分はだめ人間ですよ。家族は皆、呆れてますもん」

「それを聞いて安心したわ。だって、家に帰ってまで、立派でいたら、それこそいつかゼンマイが切れてしまうに違いないわ。そうやって、身体を休めないと、やってられないわよね。わたしもそうよ。仕事から離れたら思い切りだめでいいのよ」と知人は微笑んだ。

それで思い出したのだが、僕は「失敗ノート」というのを昔からつけていて、そのノートは十数冊になっている。成功したり、やり遂げたことにはあまり興味がなく、失敗したり、反省したりしたことを、ただやみくもに書き綴っている。失敗をうやむやにするのではなく、忘れようとするのでもなく、失敗を記録しておくことは面白いと思ったのだ。

そのことを知人に話すと、「そうか、わかったわ。その『失敗ノート』が、松浦さんのたくさんの本の虎の巻になっているのね。きっと」と言い、「今度その『失敗ノート』を本にしてみるのはどう？　絶対みんな読みたいと思うわ。ぜひ本にしてください」とも言った。

『松浦弥太郎の失敗ノート』。まさか、そんな本を作れるわけないと思った。「失敗ノート」の中身を、他人になど見せられるはずはないからだ。絶対に。

コミュニケーションは手紙で

旅先にしばらく滞在する時はいつも決まったカフェやデリカテッセンで朝食をとるようにしている。到着してすぐに街を歩いて、おいしそうな朝食を出している店を探す。

見つからなければ、歩いていてその雰囲気のよさに思わず目を引かれた人に勇気を出して声をかけてみる。「このあたりでおいしい朝食が食べられる店を教えてくれませんか？」と。

なぜ同じ店に行き続けるのかというと、一週間の滞在で毎日そこに通っていれば、余程のことがない限り、知り合いができるからだ。少なくとも店で働く人とは言葉を交わすようになる。「あなた、どこから来たの？」と、二日目あたりから自然と向こうから話しかけてくる。毎朝「おはよう。今日は元気？」と、自分からも声をかけ続けていれば、顔はすぐに覚えてもらえる。

入り口ですれ違った人や、隣に座った人、とにかく目が合ったら笑顔であいさつをする。そんなふうにひとつの店に通っていれば、知りたい街のあれこれは苦労なく知ることができる。インターネットなどより、余程簡単に面白いことが知れる。

どんな旅にも、勇気を出してどんなことでも人に声をかけることで開く魔法の扉があり、そんな心持ちで過ごせば、ただの旅が一冊の本のような物語になっていく。

アメリカの大好きな街バークレーでは、おいしいことが評判の、あるフレンチスタイルの朝食屋と決めている。

たいがい朝食はひとりでとる人が多い。だからふたり掛けのテーブルの片方に座り、向かい側の空いたスペースには、新聞や雑誌、本、人によってはノートブックのパソコンを置いて、目の前のメイプルシロップがたっぷりかかったブリオッシュのフレンチトーストなどをほおばりながら、それぞれがそれぞれの時間を楽しんでいる。

そんな客をこの店は大切にしていて、「混んでいるから早く食べて帰って」なんて一言も言わず、好きなだけくつろがせる。そうすると、客のほうが気にして「混んでるからわたし早く帰るわね」なんて言って、気を遣ったりする。なにもかも、笑顔で解決している雰囲気は、どれだけ朝のひとときを気持ちよくしてくれるのかといつも感心してしまう。

その店に僕は、毎朝決まって八時に行き、ツナのオムレツとクロワッサンとハーブサラダとコーヒーを頼む。毎朝同じものを頼むのも、自分のことを覚えてもらうコツである。四日目頃には「おはよう。昨日と同じもの」と言って通じるのがうれしい。店に入った途端に、笑顔で手を振られて、座って待つだけで、きちんと朝食が届くというのは一週間が経ってからだろう。そうなれば、旅の物語はすでにはじまっている。

その店で、毎朝顔を合わすたくさんの客の中で、僕と同じ時間にやってきて、朝食にパンケーキを食べる初老の女性がいた。彼女は二日目から僕とあいさつをするようになり、エリザベスと名乗った。エリザベスが、パンケーキを食べながらせっせといつもなにかを書いていることが僕は気になった。

ある日の朝、「毎朝いつもなにか書いていますが、なにを書いているんですか？」と訊くと、「手紙よ」とエリザベスは小さな声で答えた。そして「わたしは毎朝、友だちに手紙を書くの。家には電話がないから」と笑った。決して貧しいわけではなく、自分らしいライフスタイルを貫くために電話を引かず、大切な友だちとのコミュニケーションは毎日の手紙であるという彼女の心持ちに僕は感動してしまった。

「あなたから手紙が欲しかったらどうすればいいのですか？」と訊くと、「簡単よ。わたしに手紙を書いてくれればいいのよ。電話でも、もしもしと言えば、もしもしとこちらも応えるでしょ。それと同じよ」と、エリザベスは言った。そして「わたしの住所はここよ」と、自分の名前と住所が印刷されたステッカーを貼った小さなトランプを一枚僕にくれた。「わたしに手紙を書いてくれるなら、あなたの名前の横に、このカードの数字を書いておいてね。えーと、これはハートのセブンね。そうすれば、確かにあなたがわたしの友だちだとわかるから」。エリザベスはそう言ってから「いい一日でね」と店員や知り合いそれぞれに声をかけて店を出ていった。

日本に帰る日の朝もエリザベスと会った。今日帰ることを告げると、「わたしのカードをなくさないでね」と言って、握手を求めてきた。彼女の手はとてもあたたかかった。

日本に帰ってから数日後、僕はエリザベスに手紙を書いた。とりとめもない日常と、旅の思い出を彼女に綴った。もちろん名前の横にはハートのセブンを書いた。それから二週間ほど経ってから、ポストにエリザベスからの手紙が届いていた。僕のことを覚えていることと、僕の着ていた青いシャツがとても好きだということや、最近の街の様子などが、青いインクの小さな字で三枚の便せんにたっぷりと綴られていた。そして、便せんの折り目には、彼女が毎朝食べているパンケーキの粉がくっついていた。なんて微笑ましいのだろう。

僕が毎朝見ていた通りに、エリザベスは、あの朝食屋でパンケーキを食べながら、せっせと手紙を書いてくれたかと思うと、うれしさあまってなんだか胸が詰まった。今日も明日もあさっても、エリザベスは毎朝友だちに手紙を書き続けているのだろう。そしてたくさんの友だちから毎日手紙が届いているのだろう。そんなささやかであたたかい夢のような暮らしが、この世界にはほんとうにあるのだ。旅先では、急いであっちこっちに行かず、取るに足りない日常に心を開いて、少しばかりの勇気をふるうことができれば、こんなすてきな人たちと出会える。

昨日またエリザベスからの手紙が届いた。つい先日、彼女は七十歳の誕生日を迎えたという。

僕はバースディカードを送った。

あいさつ上手

毎朝、同じ時刻にバス停で会う人が五人いる。毎朝会うといってもあいさつをするわけでもなく、バスを待っている四、五分の間に言葉を交わすこともない。

バス停が一緒だから近所に暮らしているには違いないが、名前もどこの家の人かもわからない。しいて言えば、バスに乗る時に今日は全員そろっているな、とか、あの人がいないな、と思うくらいである。どちらにしても気にするようなことではない。しかし、時たま思うのだが、これがアメリカだったら、きっと少しはコミュニケーションをとるのだろう。せめて、「おはよう」とか、「元気？」とか。日本でも地方ならまた違うと思う。会釈くらいはするだろう。

ある晴れた日の朝、バス停に行くと、いつものように同じ五人がバスを待っていた。すると初めて見る顔の女性が小走りで駆けてきて列に並んだ。女性は三十代前半くらいで、前髪をきれいに一直線にしたおかっぱと襟足のかりあげが、「サザエさん」に出てくるワカメちゃんそのものだった。

「おはようございます。わたし田中と申します。先日この町に引っ越してきました。どうぞよろしくお願いします」

突然、彼女はバス停に並んだ全員に向かってあいさつをした。そして、顔を少し赤くしてニコニコと微笑んだ。

「はじめまして。松浦です。僕はあそこに見える緑の屋根の家に住んでいます。よろしく」

自分の家を指さして僕はこう答えた。この機会を待ってましたとばかりに自己紹介した自分が可笑しかった。きっと心のどこかでいつかこんなふうにバス停で会う人に自分を知ってもらいたかったのだろう。

すると、面白いことに、次々と全員が自己紹介をはじめた。ひとりの女性が照れながらこう言った。「毎朝会っているのに、はじめましてと言うのもなんですが……」。確かにその通りである。しかし、ひょんなことがきっかけになり、それぞれの名前を知ることができたことで、今まで一言も言葉を交わしていなかったのが嘘のように、その場が和やかな雰囲気に包まれた。その日、全員がそろっていてよかったと思った。

次の日の朝、バス停に行くと、すでに三人が並んでいた。その中には彼女もいた。「お、ワカメちゃんいるな」。ワカメちゃんと勝手にニックネームをつけた僕はつぶやいた。

三人は楽しそうに言葉を交わしていた。近くからあいさつをすると、みんながあいさつを返してくれた。たった一日の出来事でこうも変わるのかと驚いた。この町に移ってきたワカメちゃんのおかげである。

ある日の朝、バス停でワカメちゃんとふたりきりの時、「田中さんのおかげで、バス停で会う人たちと知り合いになれてよかったです。今まで毎朝、顔を合わせていても話したことなんてなかったんですよ」と僕は言った。「そんなものですよね。わたし、田舎育ちなので、人と顔を合わせて黙っているのがつらいんです。たまにうるさいと言われるくらいです。でも、松浦さんにそう言っていただけてとてもうれしいです。ありがとうございます」と彼女は答えた。ワカメちゃんの前髪の一直線があまりにきれいで、僕は話しながら見ずにはいられなかった。

バスは駅まで十分ほどで着く。僕らはバスに乗るまでは言葉を交わすが、バスに乗り込む時に「ではまた」と別れ、バスの中ではそれぞれがひとりに戻る。それも彼女が率先してそうしたからそうなった。そんな彼女のマナーと心遣いに深く感心した。

帰宅時、駅で彼女を見かけたことがあった。彼女はボーイフレンドらしき人と楽しそうに立ち話をしていた。ボーイフレンドは外国人だった。なにを話しているかは、はっきり聞こえなかったが、話しぶりから、彼女の英語がかなりネイティブに近いことがわかった。

通りすがりに会釈すると、彼女は僕に気がつき、「こんばんは」とあいさつをした。そして、ボーイフレンドに「この方は近所に住む松浦さんです」と僕を紹介した。ボーイフレンドは手を差し出して僕に握手を求め、「はじめまして」と英語でにこやかにあいさつをした。ワカメちゃんのあまりにスマートな、人の間に立っての紹介の仕方に、僕は頭が下がった。それでいて、かた苦しくさせない愛嬌が彼女にはあった。

人と人とのつながりの目的は、自分たちの安全のためである。自分が決して害を与える存在でないことを知ってもらうために自己紹介し、同時に相手のことも知る。常にあいさつを交わし、互いに知り合うことで安心を得るのである。「あいさつは自分を守るよろい」という教えがあるが、まさにその通りである。

安心したければ、あいさつをする。他人に自分を受け入れてもらいたければ、まずはあいさつをする。あいさつは他人への思いやりでもある。思いやりを伝えるためには心から言葉をかけること。思いやりとは感謝から生まれ、感謝とは尊敬によって生まれる。なにより大切なのはいつどんな時でも他人を尊敬する気持ちを失わないことである。

僕はワカメちゃんのおかげで忘れかけていた大切なことを思い出すことができた。

今では、朝、バス停に六人そろっていると、心からうれしいと思えるようになっている。あいさつができるからだ。ワカメちゃんありがとう。

仕事に表れる人間性

「きれいとかすてきとか思われることは、そんなに重要ではなくて、いい仕事をすることのほうがわたしにとっては重要と思っているの」

ある日の休日、仕事を持っている友人の女性に、仕事についてどんなふうに考えているかと、ふと訊いてみたら、そう答えた。

彼女はレストランに勤めながら、いつか自分の店をオープンさせたいという夢を持っていて、男社会の仕事場で日々忙しく働いている。一日十時間労働で週休一日が普通だという。そんなふうに働く姿を知っていたから、いつか仕事に関する心の内を聞きたいなと思っていた。男でもなかなか言えない言葉をさらりと言ってのけたので驚いた。

働く上で大切にしていることはなにかと訊くと、「仕事はすごく大変だけど、まずはどうやって楽しむかをひたすら考える。わたしの場合は、仕事を音楽に例えてみて、一日の仕事が一曲の音楽のような美しいメロディになればいいなと思ってる。どんなリズムにするかも考える。そのためには、どうやって仕事に向かうか。どんなふうに進めようかと自然と工夫するわ。パブロ・カザルスのバッハの曲みたいに自分の仕事が美しければと思うけど、なかなか無理ね。でも、比べるならそういう美しさと比べたい。隣で働く人と比べても仕方がないもの。あとは、仏教の言葉で『老心』というのかな。親が子どもを思うような心。それを仕事に関わるすべてに向けること。人はもちろん、料理でも、食材でも、道具を扱う時でも、親が子どもを育てる時のようなやさしさに溢れた心を持ち続けたいと思っている。仕事の先にいつも人がいることも決して忘れないようにね」。そう真面目に答えた後、自分に彼女は照れた。

仕事には必ず人間性が表れる。それは隠そうとしても隠せない。一生懸命になればなるほどその人らしさが出るものだ。だから、いい仕事をするには技術の習得はもちろんだが、まずは自分の心を磨く努力をしなければならないと僕は思う。

そういえば、仕事に人間性が欠けることがいちばんよくないことだと教えてくれたのは父だった。人間性が欠けるということは、他の部分で努力しているつもりでも努力が足りない。そしてまた、緊張感のない仕事の仕方はするなと。仕事におけるコミュニケーションで心がけるのは、相手に失礼のないような礼儀作法と身だしなみ。言葉遣いに話し方、姿勢など。これらにちょうどいい緊張感を持たせること。若かりし頃の僕はそれらが上手くできる自信がないと父に言うと、できないなら、せめて身だしなみだけはきちんとしておくようにと言い、身だしなみで大切なのは靴だと念を押した。

そんな父から教わった話を彼女にした。

「まあ、ともかく仕事とは実験の毎日よね。心持ちも技術も、実験という名のチャレンジの連続よ。人と衝突しようと、失敗をしようと、批判されようと、毎日の実験を止めた途端に、自分の成長は止まってしまうと思う。仕事をしていて、成長が止まるくらい不幸なことはないわ。だから、今日の実験が思いつくかどうかが仕事の本質だとわたしは思う。それが思いつかなくなったら……」

彼女はここまで話して言葉を止めた。僕がその続きを待つと、ひと呼吸入れてから、「思いつくまであきらめない……かな」。

「そうだね、なにがあろうとあきらめないことが仕事のベースにないと、どんな仕事もはじめられないよね」

「うん、そう、その通り」

彼女はこう言って微笑んだ。話しながら手の甲を気にしていて、そこを見ると水仕事のせいか痛々しく肌が荒れていた。彼女の仕事がどれほど過酷なのか想像ができた。

「今日はおだやかでいい休日だなあ……」

カフェのソファに身体を沈ませて、彼女は「ウーン」と背伸びをした。そんな彼女を僕は微笑ましく見つめた。

彼女と話していて思ったのだが、仕事とは結局、その人の生き方やものの考え方、人生観なのだ。

最後に「いい仕事のコツってあると思う?」と訊いたら、「気持ちが熱くないとだめよね。あとは休み上手になることね。健康管理も仕事だから」と言って、舌をぺろっと出した。

その言葉を聞いて、明日も頑張ろう、と僕は思った。窓の外を眺めると、夕焼けがいつもよりとてもきれいに見えた。

スタインベックの「朝めし」が好きな理由

開高健《かいこうたけし》さんのエッセイで、スタインベックの「朝めし」という掌編を知ったのは、十代の終わりだ。読書をして、その情景が鮮明に頭に浮かんでくる喜びを知ったのは、この小説がはじめてだった。

アメリカに旅立った十八歳の時、あてもなくサンフランシスコの街を歩いていたのは、スタインベックの「朝めし」のような光景がどこかにあるに違いないという憧れを抱いていたからだ。

日が昇る直前の朝、テントの脇のストーブで、赤ん坊を小脇に抱いた若い女性が、手際よく朝食のベーコンを焼く様子は、文章とともに、今でも頭の中に映像となって刻まれている。髪を無造作に後ろ結びにした女性の横顔が、朝日に照らされる様や、じゅうじゅうと音を立てて焼けるベーコンと、その肉汁をかけて食べる焼きたてのパン。それを見ている主人公の男。それは僕にとってアメリカそのものだった。

アメリカに滞在し始めの頃、英語が話せないことを克服しようと、晴れた日の朝、サンフランシスコのユニオンスクエアの角に立ち、手当たり次第に郵便局はどこですかと道行く人に訊いた。

「まっすぐ歩いてつきあたりを曲がれ」と言う人がいれば、「右に曲がって、すぐ左に曲がって、まっすぐ」と言う人がいるように、その答え方は人それぞれで、とても英語の勉強になった。

白いタンクトップを着て、黄金色の髪をポニーテールに結んだ二十代の女性が、こっちに向かって歩いてきた時、反射的に次はこの人に訊いてみようと思った。女性の歩き方は雲の上を歩いているように美しかった。

「Excuse me, but Where is post office?」

郵便局の場所を訊いた時、僕は女性のスカイブルーの目に見つめられ、一瞬で心を奪われてしまった。

女性は「いいわ」と答え、地面にしゃがみこみ、ジーンズのポケットから、小さなナイフを取り出し、パチンとナイフの刃を開いた。そして臆することなく、ナイフをペンの代わりにして、アスファルトに線を引いていった。ナイフはカリカリという音を立ててアスファルトを削り、何本かの線は立派な地図となった。それを見た僕は、アメリカの女性は、なんてかっこいいんだと、息が止まるくらいに驚いた。

「今ここよ。そして、ここから三ブロック先を右。少し歩けば郵便局は左側にあるわ」

女性はアスファルトに描かれた地図を、ナイフでなぞって親切に教えてくれた。

スタインベックの「朝めし」をその時思い出した。朝もやの中で朝食を無心になって料理する女性の美しい横顔と、今、自分の真横で、ナイフでアスファルトに地図を描いた女性の横顔が重なった。

「わかったかしら？」と女性に訊かれ、その美しい青い目で見つめられた僕は、思わず「あなたの名前は？」と訊いて、女性にクスっと笑われた。

「さあ、なんて名前かしら？」

女性は名前を言わなかった。

「いい一日をね」

女性は立ち上がって、さっそうと歩き去っていった。

たった五分あまりのやりとりであったが、僕は胸を大砲で撃ち抜かれたように感動した。孤独と向き合い、アメリカに小さな絶望を抱いていた僕に、アメリカに来てよかった、と希望が芽生えた。遠かったアメリカに近寄れたと思った。

次の日から僕はその女性ともう一度会いたくて、朝になると同じ時間に街角に立った。しかし、残念ながら女性とは二度と会えなかった。

今でもスタインベックの「朝めし」が大好きだ。読めばサンフランシスコで会った女性の横顔にいつでも会えるからだ。

感想を伝えよう

昔から人になにかをあげるのが大好きで、いわゆるプレゼント魔の類いに入る。

プレゼントというと大げさに聞こえるけれども、わざわざなにかを買って贈るというより、たまたま出会った、自分が気に入ったものや、食べておいしかったものなど、そういう日常的なしあわせのおすそ分けのようなことが要は大好きなのである。

おすそ分けであるなら、それはたいがい、食べ物が多く、誰かからたくさんいただいたものなどは、さて、これを誰と分けようかな、といつも思う。そんな時は、近くにいる、それが好きそうな人にあげることが多い。

こんなふうに言うと、とてもよい人のように思われるかもしれないが、僕はなんでも誰かと分かち合いたい気持ちが強い。そうしないとなんだかバチが当たりそうと思うのは、持って生まれた幼い頃からの気質である。

実を言うと、ひとりで楽しむことが苦手というより、どちらかというと関心がないのである。で、そんな日々を送っているのだけれど、ふと、僕からよくなにかをもらう人と、そうでない人がいることに気がついた。特に差別をしているわけではないのだけれども、あ、これを誰かに、と思った時に、顔が浮かぶ人とそうでない人がいるのは正直なところである。

なにかあるたびに顔が浮かぶ人と言えば、まずは両親。仕事柄おいしいものを食べる機会が、きっと人よりも多いけれども、それがおいしければおいしいほど両親の顔が浮かぶ。今度食べさせてあげたいなあと思う気持ちと、すみません、こんなにおいしいものをひとりでいただいてしまって、という気持ちが半々だ。

まあ、両親というのは特別な存在だから、措いておいて、それ以外で顔が浮かぶ人となると、一言で言えば、うれしいリアクションを返してくれる人である。渡した時のリアクションではない。はい、どうぞよかったら、と渡した時に、ありがとうございます、と笑顔を見せて、一言二言、気の利いた言葉をくれる人は多いけれど、それは普通であって、それほど印象には残らない。印象に残るのは、たとえば次の日などに「昨日のおやつとてもおいしかったです」と笑顔を見せてくれる人である。要するに、あげたものがどうだったのかというリアクションをしっかりと返してくれる人。あいさつではなくて、いわば感想である。

感想上手な人は得しますよ。きっと。僕は若い頃から感想を伝えるのが得意で、それだけでなく、その感想を伝えるタイミングをはかることも忘れなかった。プレゼントにせよ、どんなことにせよ、相手が「どうだった？」と訊こうとする前に、こちらから「すみません、ちょっと五分いいですか」というように、そのための時間を作って、心を込めた感想を相手に伝える。そうすると、相手はほんとうにうれしそうな顔をして、またなにか分けてあげようと言ってくれる。

損得勘定でするのではなく、要するに、飴玉ひとつでも、ものをもらったり、なにかしてもらった時には、お礼だけではなく、その後にしっかりと感想を言葉にしようということである。

せっかくこんなにおいしいものをあげたのに、それがおいしかったのか、そうでなかったのか、なにも言わない人が多いから、ついついこんなふうに説教臭くなる。先日も数名の仕事仲間にたくさんのものを分けたけれど、お礼は言っても感想を言う人はひとりもいなかった。残念というか寂しい気持ちになった。

なので、うれしい感想を言ってくれる人にはあれもこれもとあげたくなるし、どんどんなにかしてあげたくなる。

「人間というのは単純な生き物ですからね。いかに言葉で酔わせて、喜ばせてあげるかですよ。そういう思いやりがあなたの身を守りますよ」と教えてくれたのは母である。言葉で喜ばせるには筆まめであれというけれども、感想のリアクションというのは、それと同じくらいに大切な心遣いであろうと思う。


筆まめといえば面白い話を先日聞いた。作家の桐島洋子さんは手紙を書くのが大好きで、若い頃、友だちや知人などに、身の回りのちょっとしたことを葉書に書いてよく送ったそうだ。葉書だから家に届けば、その家の人もちらっと見ることもあるだろう。よく葉書を送る友人が作家の永井龍男《ながいたつお》氏の娘さんで、その葉書をある日永井さんが読んだら、桐島さんが書く文章がとても上手で面白くて感心したらしい。それからというもの届くたびに読ませろと娘に頼んだという。

そうこうしているうちに就職活動の時期になった桐島さんは、「ぜひ出版社に就職したいと思っている、しかし、なかなか難しい」というような悩みをその友人への葉書に書いた。それを読んだ永井さんは、こんなに文章が上手な人なら、と文藝春秋の社長・池島信平《いけじましんぺい》さんに紹介し、桐島洋子さんの就職が決まったという話である。桐島洋子さんの手紙の文章は、とにかく礼儀正しく、それでいてユーモアに富み、相手を喜ばせるものだったという。入社したての頃は、毎日のように届く読者からの問い合わせなどへの返事を手紙に書いて送る仕事をしたそうだ。そうして幾年か経ち、作家としてデビューし、名が知れた時に、「親切丁寧に手紙でお返事を送ってくださった、文藝春秋の桐島さんですか？」

と読者のひとりから言われたという。

人に気持ちを伝えるには様々な方法があるけれども、いちばん喜ばれるのは生の言葉だ。そして次に手紙の文章。「何事も直筆の手紙ではじまり、何事も手紙で終えるのよ。そういう礼儀作法がとても大事」と桐島洋子さんは僕におっしゃった。

魔法の言葉

家出のように日本を発って、はじめてアメリカに渡った時、頼れる先や知り合いはひとりもおらず、英語もまったく話せなかった。根っからの楽観的な性質だから、それでもなんとかなるだろうと思っていた。僕の短所は、どんなことでも楽観視することと、いつも早合点してしまうことである。ある時それが長所に代わる時もあるけれど、若かりし頃の無鉄砲さがそれに加わると、困ることも多々あった。今その頃を思い返すとじんわりと汗が出てくる。

最初にアメリカで覚えた言葉は「プリーズ」だった。それまでは、あいさつひとつままならず、どうやってアメリカの人たちとコミュニケーションを取ったらよいかわからなかった。アメリカでは、人と話す時には、まず相手の目をしっかりと見るということが大切だった。しかし、それが日本人の自分にとって、これほどむつかしいことだとは知らなかった。

サンフランシスコの街角にある小さな食料品店に入った時、僕はその店で手作りのサンドイッチを買おうと、メニューやカウンターに並んだ食材を見ていた。店の男は何度か僕の目を見て「なにが食べたい？」と合図を送っていた。僕はもじもじしながら、「迷っているから待ってください」という意思を、手振りで伝えて、どうやって食べたいものを注文しようかと困っていた。

そこに五歳くらいの小さな男の子が母親と一緒にやってきた。その親子もサンドイッチを頼みたかったようで、店の男とあいさつを交わしたり、今日はどれにしようかなどとつぶやいていた。その時、男の子が「僕はツナサンド！」と大きな声で頼んだ。すると母親が「それじゃあだめでしょ。魔法の言葉はなんて言うの？」と男の子に訊いた。男の子は恥ずかしそうなそぶりを見せてから、小さな声で「プリーズ」と言った。「そうでしょ、人にお願いする時には、魔法の言葉を言わなきゃね。よくできました」と男の子の頭をなでた。

それを聞いた僕は、そうか「プリーズ」は魔法の言葉なんだ、と感動を覚えた。男の子は魔法の言葉をきちんと言えて得意げだった。

僕は親子が去った後に男の子の真似をして「ツナサンド　プリーズ」と店の男に告げてみた。すると、彼はにっこり笑って「よくわかった」というように目くばせして、「お待たせしました」ととびきりおいしそうなツナサンドを渡してくれた。「プリーズ」はほんとうに魔法の言葉だった。


魔法の言葉の「プリーズ」をきっかけにして、僕は不思議と英語が苦にならなくなり、アメリカの人たちと少しずつコミュニケーションが取れるようになった。

相手の目をしっかりと見ること。笑顔で接すること。魔法の言葉を忘れないこと。これがその後の僕の英語力を助けてくれた。

「プリーズ」は、日本語にすると「どうぞお願いします」であるが、常に他人に対して謙虚であり、感謝の気持ちも伝えるすてきな言葉である。


今、日本にいても、暮らしや仕事において、人と接する時に僕はよくこう自分に問いかける。魔法の言葉はなんて言うの？　と。世界中にはもっとたくさんの魔法の言葉があるだろう。そして、世界中のどこかで魔法の言葉が生まれているだろう。

僕は魔法の言葉をもっと学びたい。そしてそんな魔法の言葉を一冊の本にして、みんなと共に学ぶことができたら、なんてすてきだろうと思っている。

夢を分かち合う

スペイン領、メノルカ島。十八世紀、マヨネーズはここで生まれた。はるかな昔から、島ではマヨネーズ作りのコンテストが行われた。コンテストは島の娘や婦人だけでなく、スペイン本土からも挑戦者が現れるほどであった。

二年続けて優勝者になった夫人にその秘訣を訊くと、「卵の温度を室温と同じにすること。あとは最後まできまった方向と力でまぜること」。この島で生まれ、娘の頃から何年もマヨネーズを作り続けてきた夫人は、当たり前のことを、当たり前に行うことの大切さを語った。

この文章は、僕が十代の頃に見たマヨネーズの広告に載っていたものを思い出して書いてみた。よくここまで詳しく覚えていると感心する。記憶違いがあるかもしれない。しかし、この広告の文章を読んだ時の、なんとも言えない感動は、今でも鮮明に覚えている。優勝者の秘訣とはこんなシンプルなものなのかと驚いたのだ。

広告の写真には、優勝者の夫人が窓辺に立っていて、陰影の美しいアップの横顔があった。背景はぼけているのだけれど、メノルカ島の風や空気がかすかに感じられた。夫人のやさしくたくましい瞳は、もしもこんな人に見つめられたら泣いてしまうだろうと思うくらいに美しかった。

ひとつも信号機のないというメノルカ島のマヨネーズを一度でいいから食べてみたい。メノルカ島とはどんなところなのだろう。そんな夢をずっと抱き続けている。夢はいつ叶うのだろう。それを思うたびにあの夫人の瞳が目に浮かぶ。

今、いちばん行きたい場所はどこか、旅をするならどこに行きたいか、と人

Hilo Guitars & Ukuleles
Koji's

からよく訊かれた。するとすぐに、マヨネーズの島、メノルカ島が思い浮かぶ。しかし若い頃、その夢を言葉にしたことは一度もなかった。たいがいはエジプトと答えてごまかした。それは嘘ではないけれども、いちばんかというと違う。夢は秘めるもの。言葉にしたり、他人に言ってしまうと、夢は叶わなくなるという、どこかで知った迷信めいたことを信じていたからかもしれない。夢はたくさんあるけれども、決して言葉にせず、黙々とそれに向かって歩んでいた。

ある日、仕事を一緒にしていた知人の女性に「夢を話して」と言われて、「夢は秘めておくものだから、話さない」とカッコつけて答えたのは、三十歳の誕生日を過ぎた頃のことだ。当時の僕は夢があり過ぎて、その一つひとつをノートに書き連ねていた。そして、ぼんやりとそのノートを眺めているのが好きだった。自分で書いた夢をいつも見ていれば、忘れることがないだろうと安心だった。

「夢はたくさんの人に話したほうがいいに決まってる。夢が自分ひとりで叶えられると本気で思っているの？　そして、叶った夢を自分ひとりで喜んで、それでしあわせを感じることができると思っているの？」

そんなふうに言われて、なんだか偏屈な気持ちが露《あらわ》になって情けなくなった。後ろから木の棒で殴られたような気分だった。女性に反論する気もなく「うん」とだけ答えた。

「おろかだと思われても、自分の夢をたくさんの人に話すといいわ。そのうちの誰かひとりでもあなたを応援してくれるかもしれないし、なにか手助けしてくれるかもしれない。自分ひとりの夢なんて、寂し過ぎるわ。だから、夢を話し続けることを決してあきらめないで。夢は話せば話すほどに自分の心の中でもほんとうの夢になって、それはまたたくさんの人にとってもほんとうの夢になって届くから。いいことを教えてあげる。夢を百人の人に話せば、その夢は

72 KAP APTS
1
2
3
4

必ず叶う、という諺《ことわざ》があるの。その諺を信じてみて」

女性は「大丈夫、あなたの夢は必ず叶うから」と言わんばかりのまなざしと、にっこりとした笑顔で僕を見つめた。すると、それまであった、夢にいつもまとわりついていた無力感や不安、絶望が静かに洗い流された。女性の瞳が、あのメノルカ島のマヨネーズ・コンテストで二度も優勝を果たした夫人の瞳と重なった。

マヨネーズ発祥の場所、スペイン領、メノルカ島に行って、島いちばんのおいしいマヨネーズを食べること。これが僕のいちばんの夢である。

夢はたくさんの人と分かち合うもの。たくさんの人と喜び合うもの。だからこそ、夢は必ず叶うと今は信じている。

情報との距離を保つ智恵

僕の知人のAさんは、ＩＴ企業でプランナーとして働いている。異業種の分野の方と会って話をするのは、刺激があって楽しいだけでなく、学ばされることも多い。だから、一か月に一度くらいの頻度で会っている。

彼女が言うにはＩＴ業界で働いているからといって、デジタルメディアに特別詳しいわけではなく、それはひとつのコミュニケーション形態であって、仕事の根本はいたって手仕事に近く、結局は働く人の人間味がものをいう世界であるとのことだ。僕が彼女に好感を持っている理由は、とても素直で、知らないことには「知らない」ときちんと言えるところである。その代わりに、知っていることは、どこまでも深く知識を持っていて、それはまた真実を貫いた正しい情報である。

今や携帯電話やパソコンを使い、知りたいことはインターネットで調べあげて、ちょっと時間さえかければ、わからないことはひとつもなくなるというくらいの情報化社会である。

オンタイムでなんでも知っていて当たり前の中、彼女は、余程のことがない限り、携帯電話でインターネットに接続することはせず、自宅でパソコンを開くのもまれだという。要するに、彼女は自分と情報の間の心地よい距離感をきちんと守っているのである。

これはある意味、現代人が最も会得しなければいけない智恵ではなかろうかと思う。そうでもしなければ、無意識に、二十四時間、三百六十度の方向から、常に情報を受け入れることになり、人間が本来持っている、情報を受け入れて、理解をするというキャパシティはあっという間にパンクしてしまい、身体も心も壊してしまうだろう。早く、簡単に、手に入る情報に、上質なものは少ないと知らなければいけない。それもまたストレスとしてため込むことになるからだ。そのためにも、どうしたら溢れ返る情報を遮断し、自分に必要と思える上質なものだけを得られるのかを、一人ひとりが考えなければいけない。

彼女にその方法を訊いてみた。するとこう答えてくれた。ひとつは、情報源を選別すること。それも特定の人物や個人にすること。なぜかと言うと、今や企業や団体、特定のメディアは、正しい情報や事実を様々な理由によって、発信できないことが多い。たとえば、食べ物の味や匂いがどんなものかは発信できるけれど、噛んだ時の食感や、味わい、消化してどうなるか。それは栄養になるのか、それとも害になるのかといった真実を述べることは非常にむつかしいと言う。

ならば、上質な情報を持っていて、真実を述べることができる立場にあり、なにより人間として信用できる、誰か個人からの情報を得るしかない。ある意味、それこそがこれからわたしたちが生きてゆくためのライフラインのひとつになる。信用できる情報源は、五人もいれば十分であろうと言う。

直接会って話を聞いてもよいし、その方のブログを読んでもよいし、その方が出演するラジオを聴いてもよいとも言う。いちばん怖いのは、スポンサーが多い新聞とテレビだけを情報源としてしまうこと。それらはあくまでも情報の景色として眺める程度にしておく。

個人でもスポンサーが隠れていることが多いので注意しなければいけない。すべてとは言えないが、大学教授や科学者、研究者でもその場合がある。インターネットのニュースは、配信が早いだけで情報のクオリティは新聞やテレビと同じである。

では、情報源となる、自分が信用できる五人をどうやって探したらよいか。

彼女が言うには、「それこそ、これからの時代に誰もが必要な能力だとわたしは思う。携帯やパソコンといった便利な道具や、いくらお金を使っても、それだけは簡単に手に入らないもの。上質な情報源だからこそ苦労して手に入れるものよ。ひとつ言えるのは、純粋な『個人』として信用できる人であること。そして、知らないことを『知らない』と言える勇気のある人を信用するべきだと思う。なんでも知っている人こそ、実はなにも知らない人と思って間違いないわ」。

彼女の口からそんな言葉が出たから驚いた。僕にとって、「知らない」と言える勇気を持つ人は彼女自身であったからだ。

彼女は、自分で探し出した、五人という最少の情報源から知らされる事柄をマークし、それより先は必要に応じて、自分でさらに深い情報を、「歩く見る聞く」という行為で掘り起こすことを基本としている。また、情報源のリニューアルは年に一度は行っている。「時間も、お金も、体力も使うわ。でもそうしない限り、一次情報には触れられないのよ」と言って彼女は微笑んだ。

「ＩＴ業界で働いていながら、こんなに自分の『情報の窓』を狭くしているとは驚くでしょ。でも、この世界にいるからこそ、そう思うのよ。その理由を言葉にするのはむつかしいけれど」

電車に乗っていると、乗車しているほとんどの人が携帯電話を開いてなにかを見ている。そんな情報収集やコミュニケーションは、そろそろ止めてもいいように思う。

種明かしをすると、彼女は僕にとって大切な五人のうちのひとりである。

お金の使い方

「値段で迷っているなら無理してでも買うようにしているわ。もし値段以外で悩んでいるのなら絶対に買わない」

ある日、買い物についてのおしゃべりをあれこれしていたら、知人の女性はこう言った。とても共感できた。

こんなふうに言うと、ぜいたくとか鼻につくとか言われそうだが、たとえば、欲しいものを見つけた時、値段が高いからといってあきらめると、後々、買っておけばよかったと必ず思うからだ。そしてまた、衝動買いではなく、自分がほんとうに欲しいと思うものなんて、そうそう見つからないし、いざとなって探すとなるととても大変だからだ。出会った時に買っておかないともう出会えないかもしれない。言い過ぎであるかもしれないが、物欲を満たすのではなく、心の底からほんとうに欲しいものなら、借金をしてでも買うのがいいと僕は思っている。そういうものは必ず自分にその値段以上のなにかを与えてくれる。「でも、そんなふうに思うものって滅多にないのよね。他人からお金を借りてまで買いたいものって」と女性は言った。その言葉にも僕は頷いた。

浪費と消費、そして投資はまったくべつものである。常々考えるのは、そのお金の使い方は浪費なのか、消費なのか、投資なのかということだ。ちょっとした買い物であってもそれを考える。考えて納得してからお金を使うようにしている。

僕が考えるに、生活に必要な物を買ったりする行為は消費、物欲を満たすだけの無駄遣いは浪費、利益を生むための資金投下は投資である。この三つのバランスが大事。浪費に偏るなら自分自身の心の状態と向き合いたい。消費に偏るなら生活の仕方を点検したほうがいい。投資に偏るなら、きちんとレバレッジが働いて、リターンが滞っていないかを知る。お金の使い方の優先順位としてはまず消費、その次に投資、そして浪費であろう。浪費も生活の潤滑油として認めることが大切である。

いちばんむつかしいのは、それが消費なのか、投資なのかの見極めである。身体によい食材を買うことは自分への投資である。普段使いの車のガソリンを買うことは消費である。投資には金融関係だけではなく、英会話などの学びも含まれる。だから、お金を使う時にいつも考えるのだ。これは消費なのか、投資なのかと。浪費はほんの少しに留めておきたい。

そこで先の話に戻る。目の前のほんとうに欲しいものとは自分にとっての消費なのか、投資なのか、浪費なのか。女性の言葉の本意は、投資であれば無理をしてでも買いましょうということである。そこには確実に大きなレバレッジが働いていて、値段以上のリターンが見えているものは、ひとつのチャンスであるから見逃してはいけないということだ。

人というものは常に自分を助けてくれるものを探している。買い物をしながらぼんやりなにかいいものないかなあと思うのは、今の自分を助けてくれるものはないかなあという気持ちである。日用品も食べ物も、着るものでも、なんでもそうだ。助けてくれるものを手に入れることは、おおむね消費か投資のどちらかの部類に入るだろう。だからこそ、お金の使い方のバランスをとるという意味で、そのどちらなのかを自分が知っておくことは必要であろう。他人から見たら浪費かもしれないが、自分にしてみたら立派な投資であるなら気にすることはない。どんどんお金を使えばいいと思う。

ここでその一つひとつを打ち明ける気はないけれど、僕自身、ほんとうに欲しいと思って、悩んだ末、無理をして買ったものは決して少なくない。それでも投資として成立せずに失敗したことは多い。しかし、そんな失敗を繰り返すことは、お金の使い方の学びにつながり、それ以降、失敗は少なくなる。お金の使い方の失敗が少なくなるということは、結果的にお金が減らないということにつながる。

最後にお金の失敗を少なくする大事なルールというか、コツがある。それはお金を使う時にこう自問するのだ。「こんな使い方をしてお金は喜んでくれるのだろうか」と。もし自分がお金だとしたら、こんな使い方をされたらうれしいのか悲しいのか。お金が喜んでくれて、うれしく思ってくれるのなら、きっとその買い物は正しいのであろう。

「値段で迷っているなら、そしてその使い方にお金が喜んでくれると思うなら、無理してでも買うようにしているわ。もし値段以外で悩んでいて、その使い方でお金が悲しみそうなら絶対に買わない」。女性の言葉をこんなふうに補足すれば、わかりやすいだろう。

なにごともそうだけれども、喜んでもらえれば、必ず感謝をされる。悲しませれば、その悲しみは必ず自分に返ってくるだろう。

お金の使い方は人間関係に似ているのである。

ほめることで深まる人間関係

他人をほめることが、いつしか当たり前のように身についたのは、十代後半で渡米したことがきっかけだった。旅先での様々な経験がそうさせたのだと思う。

その頃、英語が話せず、あいさつも上手にできなかった僕を日々喜ばせてくれたのは、毎日のようにコーヒーを買いに行ったカフェや食堂の店員たちだった。彼らはあいさつと一緒にその日の僕の身なりや表情を見て、必ずなにかひとつ見つけては、「そのシャツの色はきれいだね」「今日は元気そうだね」「すてきな靴を履いているね」とほめてくれた。

あいさつだけでコミュニケーションを終わらせず、少しでも相手と対話をすることが、一社会人としてのマナーと考えているのだと感心した。外国人で英語もままならない僕のような旅行者には特にやさしく接してくれた。「ありがとう」と返事をし、僕も相手を見て、「あなたの帽子もすてきですね。それはどこで買ったのですか」というように言葉を返すと、彼らもとてもうれしそうな表情を見せて「えーと、この帽子は何丁目の……。今度一緒に行こうか」と言ってくれたり、店の住所を書いてくれたりと、単なる店員と客の関係から、友人関係に発展していくことも少なくなかった。

相手になにか見返りを求めてほめるのではなく、あたかも小さなプレゼントを渡すかのように、ふと感じたことを素直な気持ちで言葉にする。ほめられるということは、自分が他人にしてもらってうれしいことのひとつである。しかも、誰にでもできて、今すぐできること。だから僕も他人をほめようと思った。おはよう、こんにちは、こんばんは、というあいさつと一緒に、その人のすてきなところを見つけて言葉にする。それだけで、いつもの人間関係がぐっと豊かになるとわかった。最初は朝のあいさつの時だけでもいい。「元気そうだね」という言葉だけでもいい。

他人に関心を持ってもらえることはほんとうにうれしい。そうすると、互いのあいさつにいつも以上の笑顔が表れる。あいさつの後に、「ありがとう」と言い合えるコミュニケーションこそ、僕が旅先でほんとうにすてきに思えたことだった。

他人をほめることは言葉で言うほど簡単ではない。しかも、さりげなくほめるというのが大切である。あまり大げさにほめることは不自然で、相手からするとそれはうっとうしいことにもなる。あいさつの後に時たま言葉をそえるのでもよいし、知っている間柄であれば、おしゃべりのきっかけにしてみてもよい。

旅先で覚えたことであるが、いきなり用件や話したいことを切り出すのは味気ないから、まずは相手のすてきなところを言葉にして、それに対するあれこれを話していくと、互いにリラックスしてくる。その上で本題に入っていくと、話の内容が相手のプライドに関わることであっても、とてもおだやかに話ができる。

滞在先のホテルの部屋で毎晩ギターの練習をしていた僕に、ある日支配人が話しかけてきた。とてもおだやかに僕の人柄をほめてくれてから、部屋でギターを弾くことは、君にとってとても大切なことであろうけれども、隣の部屋の人にとってはちょっとうるさいことなんだ、と言ってきた。もちろんそのことに気がつかなかった僕がよくなかったのだが、支配人の話し方のおかげで、注意してくれてほんとうにありがとう、という素直な気持ちで聞くことができた。そして、もし夜中にギターを弾きたくなったらロビーで弾くといいと言って、すぐさまフロント係に、彼が夜中にロビーでギターを弾くかもしれないからよろしく、と伝えてくれた。

伝えたいことがあるなら、まずは相手を言葉で喜ばせてからというのは、ある種、定説であるかもしれないが、相手を敬っているということや、関心を持っているということを、最初にやさしく伝えることで、話の受け取り方が変わるのはほんとうだと思う。

とはいうものの、僕も他人をほめることがなかなか上手にはできなかった。はじめは照れがあって、ほめる言葉を素直に言い出せなかった。あいさつの後になにか一言、ができそうでできなかった。

そこで最初はこんなふうにしてみた。別れる時にほめ言葉をそえてみたのである。たとえば、「じゃあ、またね」というあいさつの後に、「今日の装いはとてもすてきですね」というように。もちろん、その後は「ありがとう」と相手は言って去っていくのだけれど、自分も「ありがとう」と言って去るから照れくささはごまかせる。照れくさいのは相手も一緒。だから、そんな照れもすぐにうれしさに変わってくる。互いが背中を見せて歩きながら、じんわりとうれしさを噛みしめるのは、ちょっといいものである。

僕は今、買い物をしても、外食をしても、なにか外で他人とやりとりをしても、いつもそこで出会う相手のいいところを見つけて言葉にすることを自分の喜びのひとつとしている。他人から見ると、それは時たま軽薄に思えることかもしれないが、自分にとっては当たり前のことである。他人のいいところやすてきなところを見つけてほめることは、れっきとしたマナーである。

むつかしいのは、家族や友人、会社の同僚といった身近な人をほめることだ。実はそんな身近な人こそ、いちばんほめるべき人たちであることを忘れてはいけない。まずははじめてみることである。そうすると、他人も身近な人も、自分をほめてくれるようになる。

俳優、高倉健さんの『あなたに褒められたくて』（集英社文庫）という大好きなエッセイ集があるが、僕もいつもほめられたい気持ちでいっぱいである。それはみんな一緒だとも思う。

僕が学んだ育児としつけ

「子どもが望むことをすべてしてあげることが大切」と聞いた時は、はっとして目から鱗が落ちた。

三十歳を過ぎ、子どもを授かり、育児としつけについて考えていて、僕にとって第二の母といえる知人の女性に相談をしていた時のこと。その女性は、幼い頃のある時期、仕事で忙しかった両親の代わりに、僕とひとつ年上の姉の面倒を見てくれていた人だった。それからというもの、今でも家族同然の付き合いを続けている。思い返すと、僕にとってもうひとりの姉のような存在でもある。

子どもが望むことをどれだけしてあげるかが育児の第一歩。まずはしてはいけないことを教えること、きちんと叱ること、生活のルールを伝えることといった、親として厳しくしつけなければいけないことはなにか、と考えてばかりいたから驚いた。

女性が言うには、乳幼児の頃は、なによりも子どもの心を満たしてあげることに親は努めるべきだという。それでは過保護にならないだろうか？　もしくはわがままな子どもにならないだろうかと訝《いぶか》ったりもしたが、過保護というのは子どもが望んでいないことまで過剰に親がしてしまうことである。心が満たされて育った子どもは決してわがままにはならないから心配ないと女性は言った。なぜなら、親の愛情で心が常に満たされていれば、子どもは決して必要以上に望むことはなくなるからだ。そしてまた、過保護の延長として、絶対に親の自己満足と子どもの苦しみを交換してはいけないともその女性は言った。

このアドバイスは、父親一年生の僕にとっての育児としつけの大きなヒントになった。

望むことをすべてしてあげる。これは簡単なようでむつかしいことだった。育児は二十四時間体制。夜中に抱っこしてと言われても、忙しい時に遊んでと言われても、親の立場で言ってしまえば、眠いし、疲れているからだめだよと言いたくなる。しかし、そこを踏ん張って望みを叶えてあげる。愛情をかけてあげる。学んだことのひとつに「疲れているから」「忙しいから」「後で」という親の都合を子どもに絶対に言わないということがある。遊びたいと言えば、いつでも遊んであげる。望みが叶ってしまうと、子どもは「もういい」と自分から言うものだ。子どもはいつも親が自分を見ていてくれて、耳を傾けてくれて、望みを叶えてくれるとわかると、安心して、それほど親の手をかけさせることはしなくなる。

であるから、実際に子どもが望むことをすべてしてあげるという、一見とても大変そうなその行為は、それほど面倒なことではないとわかる。小さな子どもの望みなんてかわいいものである。そしてまた、その女性が言うように、自分が望んでいることが、常に満たされている子どもは、わがままにはならず、いつもおだやかで、人への思いやりさえ持つようになる。それは僕の娘を見ていてほんとうにそう思う。してはいけないことも素直に理解していくから不思議なものだ。とにかく子どもの望むことをできる限りしてあげて、たっぷりの愛情をかけてあげる。

育児としつけにおいて、とても大切なことがもうひとつある。それは夫婦が仲よくするということだ。

親になった自分が、育児としつけを考えるということは、まずは自分の幼い頃はどうだったか、親はどのように自分に接してくれたか、なにをしてくれたかに思いを巡らせることである。

幼い頃の僕にとって、とてもうれしくて、安心したことはなんだったのだろうか？　それは両親が仲よくしている姿を見ることだった。反面、とても不安になったり、なによりも怖かったのは、両親が喧嘩をしていたり、仲を悪くしていることだった。そう思うと、子どもの育児としつけをする上で、夫婦が仲よくしていること、その姿を見せるのはとても大切なことであり、育児としつけの土台のようなものであろう。

だから、僕ら夫婦は、自分が幼い頃そうだったという話を交わし、子どもの前ではできるだけ仲よくするように心がけようと決めた。

子どものために、また自分たちのためにも、喧嘩をせず、普通に暮らすことはむつかしくはない。しかし意識的に仲よくするということはお互いの照れもあり簡単ではなかった。楽しくおしゃべりをしたり、いつも側にいて触れ合うようにする。笑顔を絶やさず相手を思いやることを忘れないように努めた。

今思い返すと、これだけでも、もし夫婦ができるのであれば、立派な育児としつけであろうと思う。

いい父親になるためにはいい夫になること。いい母親になるためには、いい妻になること。この言葉は今でも忘れていない。

今、娘は中学二年生になった。小学生を過ぎると子どもの成長は親の手を離れ、子どもの社会の中ですくすくと育っていく。思いやり、親切、礼儀、感謝の気持ち、他人へのいたわりなど、子どもは身近な大人を見て、学んでいく。子どもというのは、生まれた時から大人になるまで、常に親の姿を見続けるもの。だからといって、立派な大人であろうとするのは無理がある。ひとつだけ自分にできることは、繰り返しになるけれど、妻にとっていい夫であることで、その努力を、ずっと続けていきたい。

要するに僕は、子どもに、結婚とは、夫婦とは、すばらしいものだと思ってもらいたいのだ。

家庭に大切なふたつのこと

どこにいってもいつも年少者だった自分が、いつしか年長者になっていることに気がついた。年下の友人もずいぶんと増えている。

ある日、そんな年下の友人のひとりが結婚することになり、結婚式の直前に夕食を囲むことになった。おいしいごちそうをいただきながら、しあわせそうなふたりを見ていると、自分が結婚した頃を思い出した。家庭を作ることがどういうことなのかと悩んだ、当時の自分の姿が浮かんだ。

おそらく誰しも自分の育った家庭をひとつの模範とし、夫婦互いにその一つひとつを理解し合い、夫婦でいちばん心地よいと思う家庭のかたちを作っていくのだろう。

家庭とはやすらぎとくつろぎの場であり、ありのままの自分でいられる場であることが大切。それを夫婦で築いていく。

しかし、あたたかいだけが家庭の姿ではない。自由にいられるだけが家庭の姿でもない。家庭にもうひとつ必要なのは、家族がどういう価値観を持って生きてゆくか、という理想を分かち合うことである。

僕はこのことを、アメリカのサンフランシスコで下宿した家庭で教わった。その家庭は、とても居心地がよく、自由な精神に満ち溢れ、子ども三人がすこやかに育っているという、理想的な家庭像だった。

すばらしいと思ったのは、家庭において、お父さんとお母さんの役割がはっきりとしているということだった。

家庭での決定権は誰にあるのか。一番はお父さん。お母さんは二番目。そういう序列がはっきりとしていることである。家族の間では意見が食い違うことがしばしばある。そういう場合には必ずお父さんが決める。意見が食い違うというのは常に自由に発言ができるということ。これは家庭において、とても大切なことである。

父親にとって、それはまかせるよ、ということなら、お母さんが決める。それは絶対である。よく家族は平等がいいという考えもあるが、僕はそれがよいとは思わない。家庭では、誰かが一隻の船の船長になってリーダーシップを発揮する必要がある。そして、さらにそのリーダーシップのもと、人間はなんのために生きるのか、どんな生き方をするのか、許されることと許されないことはなにか、そういった、人間として、家族全員でどんな価値観を持って生きてゆくのか、ということを考えていくのも家庭の役割である。

昔はどこの家庭にも家訓があった。今は少ないのではないだろうか。我が家の信条はなにか。どんな生き方をするのか。なにを大切にしていくのか。その家庭独自の様々な家訓があった。ただただ家族みんなが安心してやすらぐだけが家庭なのではなく、家訓によって、価値観を築き、社会におけるルールや厳しさを学ぶことも家庭の役割である。

僕が下宿したサンフランシスコの家庭は、家族が安心してくつろげる場であり、はっきりとした夫婦の役割、そして、家訓による厳しさと理想がしっかりと築かれていた。

要するに家庭に大切なのはふたつ。ひとつは、家族にとって、あたたかで、いこいの場であること。もうひとつは、家長のリーダーシップと家訓によって、どういう価値観を持って生きていくのか。どういう理想を持つのかということを考えていくこと。僕はこれから夫婦になるふたりにそんな話をした。

そして、児童精神科医の佐々木正美氏が講演会で常におっしゃるように、家庭を持つしあわせというのは、いつでも誰かが家で自分を待っていてくれるというしあわせでもある。待っていてもらうことも、待っていることも、自分のしあわせだと思うのが家庭である。だから家族同士で「おかえりなさい」の言葉に心を込めることが大切だと話した。

年下の友人が、家庭を築きはじめるというのはとてもうれしい。こんなふうに家庭とはなにか、家庭に必要なものはなにか、ともう一度考えさせてもらったことに心から感謝をした。

ちなみに我が家で家訓を考えた時、いちばん最初に書きだしたものは「いつでも誰にでも明るくあいさつをする」であった。

人は美しくなるために生きている

いつかもう一度会うことができたらと願う人が、誰にでもひとりやふたりいるだろう。

僕の会いたい人は、二十歳の頃に働いていた職場の、一歳年上のCさんという女性だった。容姿から性格まで、可憐という言葉はこの人のためにあると思えるような女性だった。僕はCさんのことばかりを考えていた。Cさんは当時の僕にとって、あまりに高望みで遠い存在だった。そのくらいにすてきだった。

アルバイトという立場であっても、僕は身体と頭をひとつも休めることなく必死で働いた。誰がなにを求めているかを察知しようと全身をアンテナにして、職場の誰かが忙しそうだったら自分から申し出て手伝い、なにがこれから起こ

OPEN

るのかをいつも想像して、その準備と対応を怠らず、人間関係にも気を配った。一を聞いて十を知るために必要なことは徹底して学んだ。

朝は誰よりも早く出社し、掃除、机磨き、ゴミ捨て、お湯を沸かしてコーヒーを淹れることまで毎日行った。職場の人が出社する時間には、ドアの外で掃き掃除をしながら全員に「おはようございます」とあいさつをした。そして、最後まで職場に残り「おつかれさまでした」とあいさつし全員を見送った。

雑用係として雇われているなら、雑用係のプロになろうと思っていた。しかし、それだけの目的でこれほど頑張れるはずはない。

Cさんに認められたい。Cさんによく思われたい。Cさんにほめられたいという、すべてCさんへの純粋な思いだけで働いていたのがほんとうだ。それは憧れや夢を追うような感情だった。仕事は雑用とはいえ、基本的に人がしたがらない、汚れることや身体を使うこと、面倒なことばかりだから大変な毎日だった。つらいことや苦しいことがあると、そのたびに僕はCさんの顔を思い浮かべた。

自分の上司は職場の人全員であるから、全員の仕事の一から十までを一年も経たずに自然と覚えた。だから、急に休む人がいたとしても僕がいれば困ることはなかった。立場的にはいちばん下であったが、自分では、常に職場と業務全体を客観的に眺めている感覚があった。それもすべてCさんのために、Cさんを思っていたからこそ成せたことだった。今、こうして思い返すと、大人になってからの初恋のような気もしないでもない。ある意味、動機は不純だったかもしれないけれども、僕にとってはそんな初恋が、社会で働くとはどういうことかを教えてくれたようにさえ思っている。雑用係として、その頃に身につけたあらゆる経験や訓練、学びが、今の自分の仕事を支えていることは言うまでもない。

つい先日、ある知人の尽力によって、およそ二十年ぶりにCさんと再会することができた。

僕は待ち合わせた店に約束の三十分前に着き、ずっと店の前で立ってCさんを待っていた。誰よりも早く目的地に到着して待っていること。それこそ雑用係の頃の習慣だった。Cさんに会えるとわかった途端に、僕は雑用係の頃の自分に戻っていた。

Cさんは約束の十分前にやってきた。その時、緊張した僕は直立不動で動けなかった。そしてCさんに両手で握手を求めた。それが精一杯だった。

「暑いから店の中で待っていればいいのに」とCさんは呆れて微笑んだ。

昔の話は尽きることなく、あっという間に三時間が経ち、店の閉店時間にもなり、その日は別れることになった。

「見た目も感じもひとつも変わってませんね」とCさんに言われたが、僕にとってもCさんはなんら変わったところはなかった。互いに家庭があり、偶然にも同じ年齢の娘がいて、年相応の身体的な衰えがあったにも関わらず、会って話していた時は、互いに当時の自分に戻っていたからだと思う。それは不思議ととても心休まることだった。

「こうやって互いに歳は取ったけれども、変わっていないと感じるということは、心の歳は取ってないということなのですかね。でも、心が歳を取るってどういうことなのでしょうか」と僕が言うと、「きっといろいろなことが変わっていると思うけれど、瞳の輝きや色は変わらないというか、本来の自分の瞳の輝きや色を、さらにきれいに磨いていくことが、心の歳を取るってことじゃないかしら。瞳の輝きや色を失っていくことは、残念なことに心の歳を取っていないということかもしれないわ。それは人として成長していないということ。

403

わたしのことはわからないけれど、当時のあなたの瞳はとてもきらきらしていたわ。そして今日、二十年ぶりに会って変わっていないと思ったのは、あなたの瞳が同じようにきれいってことで、それはちゃんと心の歳を取っているってことよ」とCさんはほめてくれた。

心の歳を取るということは、自分の瞳の輝きや色をさらにきれいに磨くこと。身体の衰えを止めることはできないけれども、心の衰えは止めることはできる。どんなに歳を取っても心というものは磨くことができて、それは自分の瞳に現れる。

年齢を重ねる、または心の歳を取るということは、一歳、そして一歳と、美しくなるということ。人は美しくなるために生きている。人は瞳を磨くために生きていると思った。

母との最後のおしゃべり

昨日は母と最後のおしゃべりをした。

七十二歳の母は二か月前、喉頭がんの宣告を受け、喉にできたポリープを切除した。しかしそれだけでは完治に至らず、声帯と喉ぼとけをすべて切除することになった。手術日の前々日、「これからはしばらくおいしいものが食べられないから、好きなだけ食べてきなさい」と担当医に言われ、自宅に外泊で戻ったのだった。この日が母との最後のおしゃべりになるとは家族の誰ひとり言わなかったが、昼間から自然と家族でテーブルを囲むことになった。

「で、おいしいものは食べた?」と訊くと、母は「いつもと一緒。そんなこと言われて急にぜいたくしたらお腹を壊しますよ」と痛々しいかすれた声で言った。ポリープと一緒に声帯も少しばかり切除したので普通の声は出せないのだ。

隣に座っていた八十二歳の父は、テレビでゴルフの試合を観ると言って、途中で自分の部屋に戻ってしまった。その時の父の後ろ姿がさみしげで小さく見えた。母の病気が余程ショックだったようだ。今まで見たことがない父のよわよわしい背中があった。

おしゃべりは楽しかった。母は自分の半生を振り返り、あれこれと楽しそうに話した。亡くなった祖母が若い頃、とてもきれいで男にもて過ぎて困ったこと、父とはじめて会った日のこと、子どもが生まれる前に飼っていた犬のこと、僕ら子どもを預けて夫婦で出かけた旅行のことなど、これまで知らなかった驚くようなことが多く、思わず身を乗り出して聞いた。母というよりもひとりの女性の物語として、聞いていてとても面白かった。

僕の知っている限り母は病気知らずだった。風邪で寝込んだこともなく、それこそ七十二歳まで入院などしたこともなかった。

とにかくいつも元気な人だった。五十歳からはじめたレッスンのおかげで、歌はめきめきと上達し、カラオケ大会に出場すれば賞金を持ち帰るようになった。優勝は数知れず、しまいにはあまりに上手過ぎるために出場もできなくなってしまった。

小さな頃からの母の夢は歌手になることだった。六十歳の時には念願のＣＤを自主製作し、母は自分の夢を叶えた。

「昨日の夜、寝ながら自分の歌を録音したテープを聴いていたら、さすがに涙が出たわ。もう唄えないかと思うとね……」と目をこすった。実はこの時、僕は母が涙する姿を生まれて初めて見た。なにがあろうと泣かない人だった。母はタオルを両目にあてて声を出して思い切り泣いた。これほど歌が好きだった人が、声を出せなくなるなんてどれだけつらいのだろうと思うと僕も泣けて泣けて仕方がなかった。

「でもね、わたしはたくさんの人にさんざん自分の歌を聴いてもらったからもういいの。だけど、自分で言うのは可笑しいけれど、わたしは歌が上手いなあ、とテープを聴いて心底思ったわよ。いいの、これからは心の中で唄うから……」と微笑みながら涙を拭いた。

「それでね、あなた」と、母は急に僕の目をじっと見つめた。

「あなた、調子に乗って外に女を作ったらだめよ。あなたみたいのは多少ちやほやされるだろうけれど、これだけは忘れたらだめ。なにがあろうと、とにかく外に女は作らないこと」

こんなふうに母は僕に説教をはじめた。

「ね、わかってる？　まじめな話よ」と言って、僕の太ももをパシッパシッと叩くからたまらない。「それと、仕事をしていると必ず近しい人の裏切りがあるけれど、それも注意。裏切られても大丈夫なようにいつも先手を打っておくこと。で、裏切りは決して責めないこと。裏切られたくらいでじたばたしてはだめ。わかった？」と言って、また太ももをパシッパシッと叩いた。「このふたつを肝に銘じて頑張ることよ」。そう言った母は乾いた喉を潤すようにしてお茶を飲んだ。もう言い残すことはないというような清々とした表情をしていた。

息子への最後の説教が、決して浮気をしないことと、人の裏切りは受け止めろ、のふたつかと思ったら可笑しくなった。ということは、母はこのふたつのことで苦しんだのだろうか。きっとそうかもしれない。

「今は笑っているかもしれないけれど、いつかきっとわたしの言葉を思い出すことがあるんだから……」

母はそっぽを向いてつぶやき、「もう遅いから帰っていいよ」と言って、自分勝手におしゃべりを終えた。

帰る間際、母は「もう大丈夫。ありがとう」と言って僕の背中に手を当てた。僕は励ますつもりが励まされたような気分になってしまった。

「わたしはやりたいことがまだまだたくさんあるから忙しいのよ。だから早く治すわ」

母はそう言って「じゃあね、バイバイ」と手を振った。

母との最後のおしゃべりは、笑わされたような、叱られたような、泣かされたようなひとときだった。とても心配をしていたけれど気持ちはやすらいだ。楽しかった。

この原稿を書いている今、母は病院で五時間を予定している手術を受けている。

「まな板の上に乗った鯉のつもりになるわ」と言った母の笑顔が目に浮かんで離れない。

人生の灯りとなる本

十代の頃に、自分がその世界にすっと入り込める本と出合えるとよいと思う。そんな本は、大海原でぷかぷか浮いている自分を助けてくれる浮輪になるだろう。浮輪はたくさんなくていい。ひとつでいい。浮輪は沈みそうになった時の自分を助けてくれるだけではなく、向かうべき岸辺まで連れて行ってもくれるだろう。どんな人でも、ある時、勇気を振り絞って大海原に飛び込み、見果てぬ岸辺へと泳ぎ出さなければいけない時がある。そんな時、浮輪になるような一冊の本があれば、どんなに心強いかと、たびたび思う。

僕にとってのそんな一冊は『高村光太郎詩集』である。それまで僕は本などあまり読まない子どもだった。そんな僕が『高村光太郎詩集』に出合ったのは、ある百貨店で開催されていた高村光太郎の展覧会で目にした、たった一行の言葉だった。それは「最低にして最高の道」と書かれた書だった。

その書を目にした僕は驚いた。最低と最高。いつでもなんでも最高でなければいけない。それが当たり前な教えであったのに、その言葉に最低がくっついていることに興味を覚えた。最低と最高が一緒とはどういうことだろうかと思った。僕は深い意味はわからなかったが、その一行の言葉に心をつかまれた。

会場の売店に『高村光太郎詩集』の文庫があったので、手に取り、目次を繰ると、「最低にして最高の道」という一編の詩があった。読んでみた。「もう止さう……」という言葉ではじまり、最後の「最低にして最高の道をゆかう」を読んだ時、自分の目の前がぱっと明るくなって、心をしばりつけていた鎖が解かれたような気持ちになった。

僕はなけなしのお金で『高村光太郎詩集』を買った。おかげで帰りの電車賃がなくなってしまったが、家までの三駅分を歩くことは少しも苦ではなかった。ポケットの中の『高村光太郎詩集』があれば、どこにでも歩いて行けるように思えた。今思い返すと、十歳そこそこの自分が、よくそんな買い物をしたものだと感心する。早熟といえばそうなのだが、漫画以外ではじめて自分の小遣いで買った本が『高村光太郎詩集』だった。

僕はその本をむさぼるようにして読んだ。意味がわからない詩や言葉がたくさんあったが、ここには「ほんとうのこと」があると強く感じていた。両親や学校の先生、大人が答えてくれない、自分がわからないこと、知りたいこと、嘘ではなくほんとうのことがここには書いてあると思った。そして、高村光太郎の詩はどれもが悲しかった。しかしその悲しさは、美しいことへの思いの深さゆえだとわかった。苦しいこと、悲しいこと、つらいこと、人間が逃げることのできないそういったものは、すべて美しいことへの道しるべなんだとわかった。高村光太郎の言葉はどれもが平易でやさしかった。人は皆、弱くて、変だけれど、だからこそ人間らしいのだと高村光太郎は教えてくれた。人は誰も、最低と最高という、その両方があってこそ愛すべき存在であり、人生とはそのふたつが灯りとなって道を照らしてくれるのだと教えてくれた。

僕は『高村光太郎詩集』を友だちに見せることはなかった。両親も読んでいることは知っていただろうが干渉はしなかった。僕にとって秘密の宝ものだった。

僕は今でも『高村光太郎詩集』を読んでいる。どんな時でも、読めばいつでも自分らしさに立ち返ることができるからだ。迷い込んだ暗闇をぱっと明るく照らしてくれるからだ。読み続けて、もう三十年以上になる。何回買い替えたかもわからない。それはまるで長く付き合っている親友のような存在だ。身の回りのなにがなくても、この一冊があればなんら恐れることはない。僕にとっては、すべてこの一冊からはじまっているのだから。一冊の本がこれほどまでに自分に影響を与えるとは、ほんとうに感謝の気持ちが尽きない。

『高村光太郎詩集』が、与えてくれたことはそれだけではない。こんなふうに自分が信じることができたもの、好きだと思ったことに対して、いつまでも同じ気持ちを思い続けることで得られるささやかな自信である。

なにかができたということではないが、ひとつ胸を張って言えることは、好きになったもの、大切にしたいと思ったものに、ずっと今まで気持ちを変えずにいたことである。いや、変えることなどできるはずはないのだが、そういう自分の気持ちをうれしく思うのである。

たった一冊の本であるけれど、長く読み続けることで、今日よりも明日、明日よりも明後日というように、新しい発見が続く日々はほんとうにしあわせだと思う。それは人との関係にも同じことが言えるだろう。

『高村光太郎詩集』が、僕に与えてくれたことでいちばん大きなことは、「あなたにとって本とはなんですか？」と訊かれた時に、「本は僕にとって友だちです」と無意識に口から出てきた言葉である。そう、本は僕にとっていつも友だちなのです。

2章
心のどこかの風景

心にしまってある
恋の思い出

さよならは小さい声で

僕がはじめて恋した人は、小学校の放課後に通っていた学童保育のT先生だった。先生の歳は二十二、三くらいだったと思う。長い髪を後ろに結んで、瞳がとびきり澄んだ人だった。そして、いつもにこにこしながら、僕らが児童館の遊技場で遊んでいるのを見守ってくれていた。

子どもだから、喧嘩もするし、いたずらもするし、けがもする。そんな時でも先生は、なにがあってもあわてずに、子どもたちの中に入って、たっぷりしたやさしさで包み込むように、一人ひとりを守ってくれた。

子どもたちが言うことを聞かなくても、T先生はひとつも怒ることなく、いつもにこにこしていた。先生が大きな声を発することはほんとうに少なかった。遊んでいながら、ぱっと後ろを振り返ると、遠くからでも先生はこっちを見ていて、微笑んでくれていた。子どもたちはそんな先生が大好きだった。

ある日、僕は友だちと口喧嘩をして、遊技場のすみっこで、ふくれっ面をして、いじけて膝を抱えて座り込んでいた。そんな僕を見つけたT先生はゆっくりとした歩調でそばにやってきて、なにか言うわけでもなく、僕の横に同じように座って、ぼんやりと遊んでいる子どもたちを見ていた。横顔を見ると、その時もT先生はにこにこしていた。

夕方になり、そろそろ学童保育の時間が終わりに近づいてきた頃、T先生は僕にこう言った。「さ、帰ろうか」。僕が地面を見つめながらむくれて黙っていると、T先生は座っている僕の後ろから抱くようにして両手をまわして、僕の耳に口を近づけてもう一度「ね、帰ろう」と言った。僕はT先生に抱かれているのが心地よいのと、そうされたからか、急に甘えたいような気持ちになって、そっぽを向いてまだ黙っていた。T先生の身体の匂いは今まで嗅いだことのない、いい匂いだった。


「帰りたくないの？」

「………」

「明日また遊ぼうね」

「………」

T先生のやさしさが自分の胸に染みいって、キュウと痛くなった。

T先生は、「じゃあ、先生と秘密のさよならをして今日は帰ろう」と言った。

「秘密のさよならってなあに？」僕はT先生の言葉にやっとの思いで答えた。

「あのね、小さい声でさよならを言うの。秘密だから誰にも聴かれないように、ちっちゃい声でさよならを言うの」

座っていた僕を立たせたT先生は、正面にまわって、顔の高さが同じになるように膝を折って僕を抱きながら、耳元に口を近づけて「さ、よ、な、ら」と言った。声はほんとうに小さくてかすかだった。その声を聴いた時、僕は身体中に電気が走ったように身震いした。

「先生にも言って……」と、僕の口にT先生は耳を近づけた。僕はできる限り小さな声で「さよなら……」と言った。

「じゃ、帰ろう」

T先生は僕の手を引いて、遊技場を出て、家のほうへと歩いた。後ろを振り返ると、先生は手を振っていてくれた。先生の後ろにはとてもきれいな夕焼けが広がっていた。少し歩いてまた振り返ると、先生はにこにこしながら、まだ僕を見ていた。曲がり角になって、もう一度振り返ると、先生は「さよなら」と口を動かした。僕も「さよなら」と口を動かして道を曲がった。

この日、僕は生まれてはじめて、人に恋すると胸が痛くなることを知った。

九歳の時だった。

大人になった今、僕は「こんにちは」のあいさつは得意だが、「さようなら」が、どうも苦手でいつも困ってしまう。相手への思いがあるほど、「さようなら」が言えなくなってしまう。そんな時、必ずT先生のことを思い出す。そして、「さようならは小さい声で」とつぶやく。さようならは小さい声で。

抱きたかった背中

「食べ物はなにがいちばん好き？」

夏のある日、吉祥寺のバイト先で知り合った三歳年上の彼女から突然こう訊かれた。

偶然、駅までの帰り道が一緒になって並んで歩いている時だった。

「カレーライス。カレーだったら毎日でもいいですね」

こう答えると、彼女はけらけらと笑って、「にんじんとかじゃがいもが、ごろごろ入っているカレーか、タイカレーみたいに、さらさらしてるのか、どっちが好き？」と訊いた。

「ごろごろ入っているカレー」

道幅が狭い商店街の前から来た車をよけながら答えると、彼女も一緒に車をよけようとして足がふらついた。彼女は一瞬、僕の腕をつかんだ。

「ごめん、ここ狭くて、車が来るといつも危ないわ」

彼女は照れたようにつぶやいた。彼女の手はひんやりとしていて、細い指と少しだけ伸ばした爪の感触が、陽に焼けた僕の腕にかすかに残った。そこから駅までの間、ふたりに言葉はなかった。


「昨日、カレー作ったの。今日よかったら食べに来ない？」

カレーの話をした日の三日後、またしても偶然に帰り道が一緒になった時、彼女は僕に話しかけてきた。

「『ごろごろ入ったカレー』作ったの。たくさん作り過ぎちゃって」

彼女は、聞き取りにくいくらいに小さな声で、いつもよりもゆっくりと話した。

「あ、また車が来た」

彼女がこう言って、僕に身体を寄せてきた時、彼女の身体が触れてくることを、ほのかに期待する自分がいた。

彼女はバイト先の社員のひとりで、てきぱきと仕事を片づける手際のよさから、仲間から頼られる一目置かれた存在だった。名字ではなく、「かおりさん」と名前で呼ばれ、化粧気はないが、いつもシンプルで上質な服を着こなすおしゃれな人だった。

「ごめんね、散らかってて……」

彼女のマンションは、西荻窪の駅から近い2DKの部屋だった。白いカーテンに白いカーペット、部屋の奥には白いベッドが見えた。部屋はひとつも散らかってなんていなかった。テーブルの上に置かれたフォトフレームを見て、「あ、ニューヨークに行ったんですね。ここセントラルパークですよね」と僕が言うと、「うん、二年前に行った。やたろう君はニューヨークに住んでたのよね。うらやましいわ。わたしも住んでみたい」と彼女は台所で調理をしながら答えた。

料理ができるのを待っている間、椅子に座って彼女の背中をぼんやり見つめていた。彼女の背中はなんだかちからがすっと抜けて艶があり、肩の線がやわらかで美しかった。それはバイト先で見る背中とは、まったく違った背中だった。彼女は僕のことを名字ではなく、この時はじめて名前で呼んだ。

「すぐにカレーあたためるから待ってて」

彼女は冷蔵庫から冷えたジャスミンティーを出してグラスに注いでくれた。

カレーは実においしかった。

「今日のは、わたしのお母さんの作るカレーよ。なんだかんだ言って、こういうカレーがいちばんおいしいわ。ねえ、ニューヨークの話を聞かせて」

彼女はこう言って、食後に淹れた湯気の立ったチャイを口にふくませた。

ニューヨークにはじめて着いた日、雨でびしょ濡れになってスーツケースを引きずりながら、夜中までホテルを探して歩いたこと。ホテルで出会った人たちとの面白かった日々のこと。とびきりおいしい朝食屋のこと。好きな本屋やフリーマーケットのことなどを思い出しながら、僕は彼女に聞かせた。そしてニューヨークには二週間後に戻る予定であることも話した。

「いいなあ、わたしも一緒に行きたい。やたろう君みたいに好きなことを見つけて、ニューヨークで暮らせたら夢みたいだわ」

そんな言葉で僕を酔わせる彼女は、僕を買い被っているように思えた。僕はそんなすてきな男ではないし、ニューヨークの暮らしなんてひとつもよいことはないと心の中でつぶやいた。なにひとつ順応できず単に日本から逃げ出した場所が、たまたまニューヨークだった。それだけのことだった。外国と日本を行ったり来たりしていることは、他人から見れば、格好いいように見えるが、決してそうではないことを自分がいちばんよく知っていた。

「安ホテルとか、又貸しされた狭いアパートで暮らすのは結構大変ですよ。しかも僕の住むヘルズ・キッチンというエリアなんて、女性は危なくて住めませんよ」

そう言うと彼女は、「ねえ、一度、遊びに行ってもいい？」と身体と顔を寄せて訊いた。彼女の瞳は僕をじっと見つめていた。そして閉じていたくちびるが小さく開いた。僕はくちびるを自然と重ねた。一度離してから、もう一度重ねた時、彼女の身体をはじめて触った。痩せていたが、やわらかくてあたたかかった。彼女の手に自分の手を合わせて指を触った。彼女の手はあの日と同じようにひんやりとしていた。

「彼女いるの？」

「うん、いる」

「……」

「そっか」

「かおりさんは？」

「いる」

「……」

当時、彼女のいなかった僕は、なぜか格好つけて嘘をついた。

「どう……する？」彼女は訊いた。

沈黙してから「帰……ります」と答えた。


今ここで彼女を抱くことによって、自分が幻滅されるのが怖かった。その時、自分にひとつも自信がなく、人と深くつながることで、だめな自分を知られてしまうのが嫌だった。その頃は誰と親しくなっても距離を縮めることを避けていた。彼女から格好いいとか、すてきとか思われている自分を失いたくもなかった。

「かおりさん、帰ります」

「そうね……。うん、わかった」

「すみません……」

「謝らないで。今日は楽しかったわ」

僕は玄関に向かい、ドアノブを手にして後ろを振り返った。彼女はこちらに背中を向けてカレーの食器を洗いはじめた。互いになにか言おうとしたが、蛇口から流れる水道の音がふたりの言葉を遮った。

「またね。気をつけて帰って」

彼女の背中はバイト先で見る背中に戻っていた。外に出てドアを閉める時、彼女は一瞬だけ僕のほうを向いて小さく手を振った。夏の夜の外は暑かった。

とぼとぼと歩いて駅に着くとすでに終電はなくなり、駅の電気は消えて暗くなっていた。タクシー代を持っていなかった僕は、彼女の部屋に戻ろうか……と、しばらく立ったまま考えた。しかし歩いて帰ることにした。歩きながら時折くちびるを噛むと、彼女のリップグロスの味が残っていた。

帰途、何度か足を止めて、彼女の背中を思い出し、抱きたい気持ちを募らせた。

次の日バイト先に出勤すると、いつものように彼女は働いていた。僕と彼女が目を合わすことはなかった。僕は遠くから彼女の背中を見つめるだけだった。

僕は二週間後、なにかから逃げるようにして日本を発った。二十三歳の僕は最低な自分といつも闘っていた。

ニューヨークと別れた日

その日はいつもより早く目が覚めた。窓のカーテンを指で少し開くと、目の前のビルに設置されている電光気温計が八度を表示していた。四月のニューヨークはまだ寒かった。

昨夜、帰国の支度を終えたスーツケースとダッフルバッグは、部屋の隅に無造作に置かれていた。洗面所で顔を洗ってから、フロアに二か所ある、共同のシャワー室で熱いシャワーを浴びた。最初はなかなか馴れることができなかった消毒液の独特な匂いがきついシャワー室だが、いつしか我が家の匂いのように安心を覚えるようになっていた。ニューヨークでそろえたグルーミングセットはもう使わないだろうとゴミ箱に捨てた。中身が残っているものはきっと誰かが拾うだろう。

カーペットのところどころが破れた廊下を重い足取りで歩いた。手動のドアがついたおそろしいくらいに旧式のエレベーターに乗り、Lボタンを押した。ニューヨークの定宿、ヘルズ・キッチン地区にあるワシントン・ジェファーソンホテル。一泊二十五ドル。シャワー共同。テレビ、電話なし。

ロビーに降り、フロント係の青年ボビーに朝のあいさつをすると、きらきらした目といつもの笑顔を見せた。彼の笑顔がほんとうに大好きだ。一週間ごとに必要な宿泊料の支払いをするのではなく、帰国を告げた。すると「なぜ、急に帰るんだ?」「なぜ?」と、ボビーは驚いて何度も訊いた。「仕事があるから急いで帰らなくてはいけないんだ」と答えると、ボビーは首を振って、悲しい顔を見せて黙った。

以前、ボビーと夜通し語り合った時、「ここで出会った友だちはいつもどこかに帰ってしまう」と言っていたのを思い出すと、胸が締めつけられる思いになった。この街で困った時、なにかと親切にしてくれた彼の悲しい顔を見るのはつらかった。

重い空気の漂うその場を早く去りたかった僕は、「あとでまた……」と言って、ホテルの目の前にある行きつけのデリカテッセンに朝食を買いに行った。ホテルを出て、後ろを振り返ると、ボビーが僕を目で追っているのがわかった。デリカテッセンのキッチンにいる男は、僕の顔を見て「今すぐ作る」と目であいさつをして、手早くベーグルサンドを作った。そして、牛乳を少しだけ入れたコーヒーを一緒にブラウンバッグに入れた。三か月あまりの間、毎朝同じ朝食を買いに来ていたら、こんなふうになにも言わなくても望みの朝食を作ってくれるようになった。

Bagel with egg, bacon and cheeseと、コーヒーを持ってレジへ行く。二ドル九十五セント。こんなに安くておいしい朝食がもう食べられないかと思うと残念で仕方がなかった。

店の中にあるイート・インのカウンターで、ブラウンバッグを広げて、ニューヨーク最後の朝食を食べる。深煎りのコーヒーの香りにしあわせを感じた。目玉焼きとかりかりのベーコン、とろけたチーズにトマトケチャップがからんで実にうまい。この店のカウンターでは、たくさんの人と知り合い、語り合った。毎朝、集まる顔はほぼ変わらず、席が空いてなければ、早くからいる誰かが必ず席を譲るようなふれあいがあった。階級というものがあるならば、ここはおそらく最低の階級の者が寄り合う場所だろう。しかし、こんなにやさしくてあたたかい場所が他にあるだろうかと僕は何度も思った。いつの間にか居ついている野良猫がヒーターの上で眠っていた。のどを指でかいてやると「ニャア」と鳴いた。

帰り際、レジにいる男に「僕は今日、日本に帰るよ」と告げた。すると、彼は「なぜ?」「今日?」とあわてて言った。「そうだ、今日帰るんだ」と言うと、彼は少し間を置いてから「俺のことを忘れないでくれ。そしてまた朝食を食べに来てくれ」と言い、僕を引き寄せて抱きしめた。いくつか言葉を交わし僕らは別れた。キッチンの男にはあいさつをしなかった。

ここニューヨークでは、小さな親切や、他愛ないコミュニケーションが、人々の生きるエネルギーになっている。よく言われるような、冷たい街というイメージは、僕はひとつも感じたことはなかった。それぞれが孤独や悲しさを抱えていることを皆が分かち合って、一日いちにちを必死に生きているのがニューヨークだろうと思った。

僕は小さくため息をついて、道路を渡り、ホテルに戻った。ホテルのドアに手をかけた時、ふと手描きされたホテルの小さな看板を見た。すると、はじめてこのホテルに来た時のことを思い出して泣きそうになった。

忘れられないあの日のニューヨーク。地獄の台所と呼ばれるここに着いた日のこと。

住み慣れたサンフランシスコから、ニューヨークのＪＦＫ空港に着いた時は午後七時を過ぎていた。マンハッタンまで地下鉄で行くか、タクシーで行くかと、ターミナルを出た路肩で右往左往していると、頭にターバンを巻いた男が「もしよかったら、街まで乗せていってやる。二十ドルでどうだ」と声をかけてきた。

答えを待つまでもなく、彼は地面に置いてあった僕の大きなダッフルバッグを車のトランクに積み、「さあ、早く」と急《せ》かせた。彼の話す英語が早過ぎて、返事にもたついてしまった僕は、彼の運転するステーションワゴンに乗らざるをえなくなり、「西四十八丁目九番街のアメリカンホテルへ」と告げた。彼は黙ってうなずき、車を急発進させて空港を出た。

車の窓におでこをつけて、ＪＦＫ空港からマンハッタンまでのフリーウェイを走りながら、流れる景色をぼんやりと眺めた。

一軒の古い家が燃えていた。しかし火を消そうとする者はなく、その家はただ燃え続け、赤い炎を上げていた。車のラジオからはインド語の歌謡曲が流れ、車内にはなにかのスパイスの異臭が充満していた。鉄でできた大きな橋を渡り、車は摩天楼へと入っていった。


「西四十八丁目九番街のなんていうホテルだ」と男は訊いた。ラジオの音量が大きいので「ホテルの名はアメリカンホテル」と大きな声で答えると、「そんなホテルは聞いたことがない」と言った。

西四十八丁目九番街は、ストリップ劇場や風俗店が並ぶポルノ街だった。アメリカンホテルは、空港の公衆電話にあったイエローブックで見つけ、電話で予約したホテルだった。こちらが用件を伝えると、電話に出た女性は覇気のない返事をし、話の途中で電話を切った。一泊四十ドルと書いてあったので、訝しさもあったが、とりあえず今日はそこに一泊して、明日から居心地のよいホテルを探せばいいと思った。

「この辺のホテルはみんな連れ込み宿だぞ。観光客が泊まるホテルなんてない」と、男は言った。とりあえず僕は車から降りることにした。「ありがとう。ここで降りるよ」と二十ドルを渡して降りようとすると、「二十ドルは荷物代、お前の分は五十ドル。合計で七十ドルを払え」と男は目を見開いて凄んだ。

外は強い雨が降りはじめていた。「ああ、騙された」と思った。知らない街で揉めるのは嫌だ。仕方がなく七十ドルを払うと、「これでも安いんだ」と言って男は去っていった。西海岸では、別れる際に「よい一日を」など、必ずなにか一言相手を気遣う言葉をかけるが、ニューヨークではそれがないのかと溜息をついた。

怪しげなネオンが光る歩道に置かれたダッフルバッグは雨でびっしょりと濡れていた。アメリカンホテルはどこだろう。僕は重たいダッフルバッグをひきずりながら歩いた。四十七丁目、四十六丁目と下って歩いてもアメリカンホテルという名の看板はなく、街の気配はさらに繁華で怪しくなっていった。

アメリカの公衆電話には必ずイエローブックが置いてある。それを探してもう一度ホテルに電話して場所を確かめようと思った。しかし公衆電話は見つけることはできたが、肝心のイエローブックはすべて誰かに持ち去られていてなかった。時計を見ると、いつの間にか午後九時を過ぎていた。

街中の路上で寝るわけにもいかない。僕はあせった。おまけに空腹だった。逃げ込むようにして、目に入った一軒のチャイニーズ・ファーストフード店に入った。二ドル九十九セントのチャーハンをひとつ注文した。中国人の店員にカリフォルニア訛りの英語が通じて安心をした。

それがこの街、通称ヘルズ・キッチン（地獄の台所）での最初の食事になった。どうにでもなれと思いながら、チャーハンを食べた。すると、若い中国人女性が相席をしていいかと声をかけてきた。見ると女性は辞書のような本を何冊か片方の腕に抱えていた。ひと呼吸置いてから「どうぞ」と答えると、女性は微笑みを浮かべ、小さな声で「ありがとう」と言い、僕の頭に手を伸ばし、濡れた髪を指でさわった。

「雨で髪が濡れてるけど、あなた、大丈夫？」

まるで母親が子どもを心配するように彼女は、全身がびしょ濡れの僕を気遣った。

「ありがとう。大丈夫です。今日、ニューヨークに着いたけれど、予約していたホテルが見つからなくて、このあたりを歩きまわっていたら雨が強くなってきたんです」

「ホントニ、ダイジョウブ？」

彼女は片言の日本語で言った。見ると日本語のテキストブックと辞書などを持っていた。

「日本語を勉強しているの？」

「ハイ、ソウデス。ワタシハ、チュウゴクジン。日本語ヲ勉強シテイマス」はにかみながら彼女は答えた。自分の名を名乗って「よろしく」と英語で言うと、彼女は日本語で、リンと名乗った。年齢は二十八歳。この店では昼間にアルバイトをしていて、今日は日本語のクラスがあり、その帰りに食事に寄ったところだと、日本語で一生懸命に話した。そして、僕を見た時、箸の持ち方ですぐに日本人だとわかったと言った。

「日本語うまいですね」と言うと、「アリガトウゴザイマス」と彼女はうれしそうな顔を見せた。髪を少年のように短くしていた彼女は、顔が小さくて、一重の目は細く、首が長くて痩せていた。ニューヨークに着いてから、いいことがひとつもなくて笑うことがなかった僕は、ニューヨークでの最初の食事が、彼女と一緒で救われたと思った。

「アナタハドコデトマル、キョウ？」

食後のコーラを飲んでいたら彼女が心配そうな表情で訊いた。しかし、そのぎこちない日本語が可笑しくて僕は思わず笑ってしまった。

「ドウシテワラウ？」と彼女は目をつり上げた。

「ごめんごめん、いや、今日はとりあえずどこか泊まれるホテルをこれから探すよ」

すると彼女は、英語で「こんな時間に、このあたりをうろうろと歩いていたら危ないわ。今日はとりあえずわたしの家に泊まって、明日、ホテルを探すといいわ」と、この時もまるで母親のような口調で言った。それはちょっと申し訳ないと、僕が遠慮すると、「ソレデイイ、ソレデイイ」と日本語を繰り返した。

店の外に出ると雨は嵐に変わっていた。ストリップ劇場や、あやしい店のネオンだけが異様にきらびやかに光っていた。雨のせいか、街にひとけはなく、くさい下水の匂いが漂っていた。

「わたしに付いてきて。はやく！」と、彼女は躊躇なく雨の中を走り出した。僕も重たいバッグを肩に食い込ませながら、嵐の夜のニューヨークを走った。彼女に言われるがまま、やけくそになって走っていたら、可笑しくなって笑いが止まらなかった。ときおり後ろを振り返った彼女も笑っていた。

走りながらうれしさがこみ上げてきた。

リンのアパートはヘルズ・キッチンにあった。

ヘルズ・キッチンは、マンハッタンの西側、ハドソン川と八番街の間、西三十四丁目から西五十九丁目あたりの地区をいう。ニューヨークいち治安が悪いという評判で知られていたが、反面、古きよきニューヨークの風景が残る地区でもあった。

一階が果物屋のビルの六階が、リンの部屋だった。リンは部屋に入った途端に、僕がいることを忘れているかのように、玄関先で雨に濡れた服を脱ぎ、下着だけになってバスルームに走っていった。そして、バスルームから大声で僕に叫んだ。

「ごめん、ちょっと待っててね。今すぐあったかいシャワー浴びさせてあげるから」

僕は濡れたままで部屋に入るわけにもいかず、玄関に置いてあった椅子に座った。床に無造作に脱ぎ捨てられたジーンズとセーターを、じっと見つめながらリンを待った。

熱いシャワーは旅の疲れを流してくれた。リンの部屋は小さな1DKだった。

シャワーを浴び終わると、着古したスエットシャツとパジャマのパンツが置かれていた。

「ありがとう」と声をかけると、「それは大きめのサイズだから、よかったら着替えて」とベッドルームから返事があった。

「明日、すぐ近くのホテルを紹介するわ。安いし、知り合いが働いているからきっと大丈夫」

リンはそう言って、キッチンで温かいお茶を淹れてくれた。

「今日は早く休んで。わたしも疲れたから寝るわ。えっと、そうしたら、わたしが床で寝るから、あなたはわたしのベッドで寝ていいわ」

リンは手際よくクッションなどを床に置いて、自分の寝床をつくり、毛布にくるまって「オヤスミナサイ」と日本語で言った。

僕は黙ったまま、枕に自分のタオルを敷いて、ベッドにもぐり込んだ。ベッドは清潔にされていて心地よかった。

「今日はありがとう」と言って電気を消すと、「ドウイタシマシテ」とリンは答えた。彼女との間で少しだけなにかを期待していた僕だったが、その夜はなにもなかった。それよりも僕は疲れていて、すぐに泥のように眠ってしまった。

次の日、太陽の光が眩しくて目が覚めた。リンの部屋にはカーテンというものがなかった。見まわすと朝の光が部屋の隅々まで明るく行き渡っていた。リンはすでに起きていて、ダイニングでテレビを見ていた。

「おはよう」

「おはよう。よく眠れたかしら？　あら、あなたの髪の毛すごいことになってるわ。アハハ」

リンは僕の寝癖がついた髪を見て笑った。

「お茶飲む？　それともコーヒーがいい？」

「お茶がいい。ありがとう」

リンは下着にネルシャツをはおっただけで、腰から下は素足が見えていた。しかし、それはまったくいやらしいものではなかった。彼女に恥じらいがないかというとそうではないと思うが、成り行きで少しくらい裸を見られたり、真横で知らない男が寝ていることなど、そのあっけらかんとした明るさで、そんなことどうでもいいよと言わんばかりだった。こういう人っていいなと僕はお茶をすすりながら思った。リンを見ると、テーブルに脚を載せて、日本語の教科書を読みながら、なにかメモをとっていた。耳のかたちがとてもきれいだった。

朝十時過ぎに僕らは部屋を出て、彼女が紹介してくれるというホテルへと向かった。西五十一丁目の「ワシントン・ジェファーソンホテル」までは歩いて五分もかからなかった。ホテルというよりは、昔ながらのアパートのような佇まいで、小さな看板がなければ、きっと誰もここをホテルとは思わないだろう。

「ボビー、おはよう。お客をひとり連れてきたわ。このホテルでいちばん高級でいちばん安い部屋を彼にお願い」

「リン、おはよう。うちのホテルの部屋はいつでもいちばん高級でいちばん安いよ。ボビーと言います。ようこそ」

ボビーという名の青年は僕に握手を求めてきた。僕も名乗って握手をすると、彼の手のぬくもりは信用できる人のものと感じた。

「ま、とりあえず、空いている部屋でくつろいで、もし他の部屋がよかったら、そっちに移ってもいい」

そう言って、ボビーは鍵をわたしてくれた。一週間分の宿泊費を先払いしたいと言うと、電卓を叩いて、お互いにとってこれはきっといい値段だと言って、電卓の画面を見せた。値段は百七十五ドルだった。僕は納得し、宿泊料を払おうとした。その時だった。財布があるべきところにないことに気がついた。

僕があわてていると、リンが「どうしたの?」と訊いた。「財布がないんだ」と言うと、「うそ、昨日どこかで落としたんじゃない? それともわたしの部屋かな。わたし見てきてあげる」と言った。ボビーは「あわてなくていいよ。そこのソファに座って待ってたらいい」そう言って僕をなだめた。

三十分くらい経ってからリンが戻ってきた。

「財布どこにもなかったわ。昨日の夜、走った時に落としたかもしれない。でも、落としたらもうだめよ。ここはニューヨークだから」

ダッフルバッグの中のどこを探しても財布はなかった。僕は昨夜、リンの部屋のテーブルの上に財布を置いたことを鮮明に覚えていた。

「パスポートがあれば泊まらせてあげるよ。宿泊料はチェックアウトの時でいい」ボビーはそう言って僕を安心させた。リンは「ダイジョウブ?」と、手を

$7.95
Web Page Designer
$22.50
SALTED LEMON $1.25
SALTED LE $3.99
SMALL SALTED LEMON $3.75
CHOCOLATE CHIP OATMEAL COOKIES
OATMEAL COOKIES
PEANUT BUTTER CHOCOLATE CHIP $3.25 COOKIES
PEANUT BUTTER COOKIES $2.99
MARDI GRAS COOKIES $2.75
GUAVA FRUIT COOKIES $2.75
COOKIES 2.75
PUMPKIN BREAD
SWEET BREAD $3.75 $4.00
MANGO BREAD $3.75 $4.00
BREADFRUIT BREAD $4.75 $5.00
BANANA BREAD $3.75 $4.00
CINNAMON CINNAMON SWEET BREAD $4.25 $4.50
RAINBOW BREAD GUAVA, MANGO & SWEET BREAD $4.75 $5.00
REAL TARO TARO BREAD $4.25 $4.50
VISA
Best Bread Selection Order One Day Or More.

僕の肩に置いて、心配そうな顔を見せた。「昨夜、君の部屋のテーブルの上に置いたんだ」、そう言うと、「よく見たけれど、なかったわ」リンはそう答えた。「サンフランシスコに友だちがいるから、連絡をしてお金はなんとかなると思います。それまで支払いは待ってください。ありがとう」

そう言うとボビーはうなずいて微笑んだ。リンは「ごめん、わたし学校があるから、またね」と言って、いそいそとホテルを出ていった。

僕は「ふう」と息をひとつ吐いた。

「ドーナツでも食べるかい？」

ボビーは砂糖がたっぷりかかったドーナツをひとつくれた。

「昨日はリンの家に泊まったのか？　リンはいい子だけどおかしな癖がある。財布は彼女にあげたと思ってあきらめな」

ボビーは僕にこう言った後にウインクした。

「財布には千ドル以上の現金が入っていた」と言うと、「それは大変だ。だけど彼女にあげたと思ってあきらめな。ここニューヨークでは、なにがあってもすべて自分の責任と考えなければ生きてはいけない。冷たい言い方かもしれないけれど、この場合、財布を見えるところに置いた君が悪くて、リンはひとつも悪くないんだ。自分のことは自分で守らないとだめなんだ」と言った。

ボビーにそう言われたら、素直に僕はあきらめられるような気になった。ニューヨーク最初の夜の洗礼とあきらめた。

しかし、その日の夜、どうしても気になったのでリンのアパートのビルに行ったが、部屋の電気は消えていた。リンと僕はそれからもう会うことはなかった。僕はリンのことを忘れることにしたが、ときおり、彼女のきれいなかたちをした耳を思い出した。

Frida
MUSEUM

ボビーは僕の宿泊代を最初の一週間だけ半額にしてくれた。このことはふたりだけの秘密で誰にも言うなとボビーは言った。

そんなふうにして、ニューヨークの定宿と、最初の友だちができた。

好きな人の匂い

ある夏の日、恋人とパリへ旅行した。

二週間の滞在であったが、僕と彼女は別々の用事があり、最初の二日間はパリのホテルで一緒に過ごし、その後、彼女はマルセイユへ出かけ、一週間の仕事を済ませて、またパリに帰ってくるという予定だった。二週間の旅行といっても、ふたりきりで過ごしたのは、往復の移動時間と五日しかなかった。

僕の用事はパリに暮らす知人との打ち合わせだけだった。僕らは定宿にしているパリ六区のリュクサンブール公園近くの一階にレストランが付いたホテルにチェックインした。

部屋には広いベッドルームと小さなキッチンがあり、道に面した大きな木枠

の窓を開けると、リュクサンブール公園の夏の緑が美しく広がっていた。
到着した次の日の朝、近くのパン屋でサンドイッチを買い、階下のレストランで淹れてもらったコーヒーのポットを部屋のテーブルに置いて、朝食をとりながら、パリについて互いの興味を話し合った。彼女はパリ市内でも歩いたことのない、インドなどエスニック系の人たちが暮らすオベルカンフという街を、何日かかけて散策したいと言った。

僕は古書好きの友人と会って、古書漁りをするのが楽しみだった。要するに、ふたりで旅行をしているけれど、昼間のほとんどは別行動をとるということが、僕らにとっては自然だった。二年あまり恋人として付き合ってきた僕らは、新婚カップルのように観光に出歩くこともなく、最初から決めた旅の予定はひとつもなかった。

朝食を一緒にとること。ランチは別でよい。夕方六時くらいにどこかで落ち合って夕食をとる。それも、もし互いの予定が合えばのこと。僕らは携帯電話で連絡をとり、待ち合わせや帰宅時間を伝え合った。約束というか、それが僕と彼女の旅の流儀だった。それともうひとつ大切なこと、夜は一緒に寝ること。もし喧嘩をしたとしても、これらのことは、必ず守ると約束していた。

要するに、ふたりが濃密に一緒にいるのは、夜寝る時からの時間と、その延長ともいえる朝食の時間だけである。それが僕らにとって、東京では忙しくてなかなかできない、ひとつの旅の目的でもあった。

昼間たっぷりと、誰にも遠慮せず自分らしく旅を堪能し、それで得た満足をたっぷり抱いて、静かであたたかな夜をふたりで過ごす。その日にあった話のあれこれは、夜にするのではなく、次の日の朝食の時に、ああだった、こうだったと話した。

「どんなふうに寝るのが好き？」

いつか彼女がベッドの中でこう僕に訊いた。

「どう、って別に普通にだけど……」

「ううん、違う。したあとに、くっついて寝たいか、離れて寝たいか、とか……」

「うーん……」

僕は答えに詰まってしまった。

「わたしは……。くっついていたいけど、ずっとはちょっと肩が凝るから、相手を気にせず離れて、のびのびと寝たい気分もあるの。でも、最初から背中を向けて寝るのはいやかも……」

「うん、そうだね。僕も同じ」

「じゃあさ、最初はくっついていて、それで寝てしまったら、それでいいけれど、自然と離れてしまった時に、気がついたほうが手だけはつなぐようにしない？　わたし離れて寝ていても手はつないでいたいよ」

それ以来、日常でも、旅先であっても、僕らは愛し合ったあと、しばらく抱き合っていても、なんとなくお互いが、さあ眠ろうとなった時、どちらからでもなく、身体を離して、相手の手を探してつないで眠るようになった。眠ってしまって手を離すことはあっても、どちらかがそれに気づいてはつなぎ直す。手さえつないでいれば、どんな格好で寝ていてもよいのだ。

朝、目が覚めた時、自分で手をつなぎ直したり、相手が自分の手を探してくれたりするうれしさには、小さなしあわせを感じる。

パリでも、そんなふうに夜を過ごしていた僕らは、彼女の用事のため、三日目からそれぞれひとりで寝ることになった。

僕は彼女の匂いが残ったベッドで眠ることで、ある種の寂しさを強く感じたけれども、彼女の残り香のついた枕とシーツに、顔をうずめながら眠ることは、手をつないでいるような心地があって、うれしかった。

そのたびに思うのだが、好きな人の匂いは一緒にいる時より、離れている時のほうがよくわかって、ある意味、深く味わうことができる。冷めた匂いはとびきり甘い。

一週間後、マルセイユから戻った彼女と過ごした夜。その匂いのことを話すと、彼女は照れ臭そうに微笑んでこう答えた。

「わたしの家に泊まって帰ったあと、いつも同じことを思うわ。なんでもいいから匂いのついたものを残していってもらいたいと思うの。だけど、それはそれでとっても寂しい気持ちになるから微妙だけど……」

開けた窓からそよぐ夏の夜風にあたりながら、ベッドに潜った僕と彼女は互いの枕の匂いを嗅いだりしてふざけ合った。

パリ最後の朝、僕と彼女は早く目が覚めていた。でも、なかなかベッドから起き上がらず、裸のまま手をつないで、ふたりの夜の余韻に浸っていた。僕は彼女を引き寄せて、彼女の胸に顔をうずめて目を閉じて匂いを嗅いだ。

好きな人の匂いは、どうしてこんなに寂しくて、うっとり心地よい思いをさせるのだろう。

僕らは朝食の時間を忘れて、いつまでもそうしていた。パリ最後の朝は雨がしとしとと降っていた。

ひと月に一度だけ会うひと

ひと月に一度だけ会うひとがいる。そのひとと僕は恋をしているわけではない。いや、出会った頃は、ほのかな恋心を持っていたかもしれない。しかし、ひと月に一度会うようになって一年が経とうとしている今、僕も彼女も相手になにかを求めることはなく、相手のことを特別深く知ろうとすることもなく、ただ会うということだけを続けている。

知り合ったのは三年前。半年に一度くらい、たまに会っておしゃべりするだけの間柄だった。それがある日、「ひと月に一度必ず会うっていうのはどう？」と彼女が言って、僕はなにも考えずに頷いた。彼女は微笑んでから「だいたい月はじめにしておこうか？　なんだか面白いね」と言った。

約束のしかたは、その頃合いになると、なんとなくどちらかが電話をして、場所と時間を聞くようになっている。場所は、ひとけの少ない場末のカフェが多く、時間は夕方六時くらいと決まっている。

「来られなかったら、それはそれでいいよ」

毎回そんなふうに互いが言うけれど、時間に遅れることがあっても、どちらかが来なかったことはない。いつも彼女のほうが先に着いている。


はじめの頃は、会うと互いの近況を聞き合うといった、他愛のないおしゃべりで終わっていた。会う時間はだいたい一時間半くらい。最近は会っても、ほとんど話すことなく、ただ一緒にいる、というだけだった。それはなんだか、ひさしぶりに会った兄妹のような関係に近いかもしれない。仲はいいけれど、相手に対してそこまで踏み込まない、というような。それはそれで心地よい距離だと思っている。ぼんやりしているだけで、なにも話さなくても、さみしくないし、ある時間を一緒に過ごしているというだけだが、あたたかなひととき。不思議な感覚だった。

「こんにちは」「元気？」「うん、元気」「そっか、よかった」、こんなやり取りをして、あとはなにも話さず、ぼうっとしながらコーヒーや紅茶を飲んでいる。そして「そろそろ帰ろうか」「うん」「じゃあね」「うん、気をつけて」と言って別れる。

そんな付き合いだが、会ったあとの帰り道には、会えてよかった、ありがとう、という思いが必ず湧いてくる。たいして話すこともなく、なにもせずに会うだけの関係だが、なんとなく、次に会う約束が楽しみになっている。

僕らはなぜ会い続けているのか。少し前にふと考えたことがある。だけど答えは見つからなかった。そんなことはどうでもいい。言葉にできない思いや考えはいくらでもある。答えを見つける必要がないこともある。そう自分に言い聞かせて、それ以来考えなくなった。彼女がどう思っているかはわからないが。

ある日、待ち合わせのカフェに行くと、いつものように彼女が先に着いていた。声をかけるとうなずくだけで、その日の彼女は少し沈んでいた。僕はコーヒーを飲みながら彼女の横顔をぼんやり見ていた。彼女は窓の外の景色をじっと見つめていた。外になにが見えるわけでもなく、あるのは夕暮れの街の風景と道行く人の姿だけだった。「ねえ」と彼女が言った。仕事のことを考えていた僕はふいを突かれて「え？」と聞き返した。

「ねえ、今日どこか行かない？」

彼女は窓の外を見たまま言った。

「いいよ」

少しも悩むことなく、そう答えた自分に驚いた。しかしそれはふたりにとって当然だった。その時にははっきりとわかったのだが、「どこに？　これから？」と聞き返さず、すぐに「いいよ」と答える間柄が、僕と彼女の関係だった。そんな間柄でいることをふたりは求めていたのだった。

上着を取って立ち上がると彼女もそうした。外に出ると、とびきり冷たい冬の風が吹いていた。僕と彼女は並んで歩いた。

ターミナル駅の構内に入って、「海、山、どっち？」と訊くと、「山」と、彼女は小さな声で答えた。「山の終点まで行ってみるか」と僕が言うと、「うん」と彼女は答えた。僕らは山に向かう電車に乗り込んだ。

二時間ほど電車に揺られていると、いつの間にか乗客は僕らふたりだけになっていた。あと二駅で終点というところだった。電車に乗っている間、彼女はなにも話さなかった。僕はいつものようにぼんやりしているだけだった。

「ああ、面白かった。そろそろ帰ろうか」

電車が終点に着くと彼女がこう言った。彼女の顔を見ると、好きなだけ泣いてすっきりしたような顔をしていた。「うん」と僕は言った。外の空気は冷たくて僕らの顔をこわばらせた。何気なく顔を見合わせると、僕と彼女の目が一瞬だがしっかり合ってドキッとした。ふたりの間に深いつながりのようなものを感じた。映画などでは、こんな時きっと抱き合ったりするんだろうなあと少し照れた。

僕らはホームの反対側に停車していた電車に乗って出発を待った。席に座ると、「あー、さむいさむい、ちょっと手を貸して」と言って彼女は僕の片手を引っ張って自分のコートの中に入れた。

「ひとの手はやっぱりあったかいなあ」

彼女がそう言って静かに目を閉じると、電車は静かに動きはじめた。

僕らは揺られながら都会へと戻っていった。

松浦弥太郎（まつうら・やたろう）

1965年、東京都生まれ。クックパッド㈱「くらしのきほん」編集長。文筆家。「COW BOOKS」代表。雑誌「暮しの手帖」前編集長。18歳で渡米し、アメリカの書店文化に関心をもち、帰国後に書店を開業。著書に『くちぶえサンドイッチ　松浦弥太郎随筆集』（集英社文庫）、『日々の100』『続・日々の100』（以上、青山出版社）、『ひとりでいること　みんなとすること』『しあわせを生む小さな種』（以上、PHPエディターズ・グループ）、『今日もていねいに。』『あたらしいあたりまえ。』『あなたにありがとう。』（以上、PHP文庫）、『暮しの手帖日記』（暮しの手帖社）、『センス入門』（筑摩書房）などがある。

カバー、本文写真………松浦弥太郎
ブックデザイン…………わたなべひろこ

この作品は、2013年6月に清流出版より発行された。

PHP文庫
さよならは小さい声で

2016年1月19日 第1版第1刷

著者 松浦弥太郎
発行者 小林成彦
発行所 株式会社PHP研究所
東京本部 〒135-8137 江東区豊洲5-6-52
文庫出版部 ☎03-3520-9617(編集)
普及一部 ☎03-3520-9630(販売)
京都本部 〒601-8411 京都市南区西九条北ノ内町11
PHP INTERFACE http://www.php.co.jp/

印刷所 共同印刷株式会社
製本所

ISBN978-4-569-76469-6